KB055956

몸을 돌아보는 시간

몸을 돌아 보는 시간

조희선 지음

운동 부족 의자노동자의
지긋지긋 허리 통증 탈출기

사자와 어린양

차례

1부
몸을 돌아보지 못한 시간   발병에서 수술까지 15년   23

추천사

객관적인 통계에도 나와 있듯이 많은 분이 허리 통증으로 병원에 방문합니다. 척추 치료를 하는 전문의 입장에서 보면, 진단 기술이나 치료 기술이 많이 발달해 어렵지 않게 통증의 원인과 해결 방법을 찾을 수 있습니다. 하지만 진단된 질병의 상태에 대하여 무슨 치료법을 써서 어떻게 해결하는 것이 적절할지는 의사들 사이에 의견차가 존재합니다. 또한 그에 대한 답을 찾는 과정에서 의사의 판단뿐 아니라 환자의 이해와 판단이 무엇보다 중요합니다. 의사와 환자 양쪽의 선택이 최대한 맞아떨어져야 치료 결과에 대한 만족도가 높기 때문입니다.

의료진의 판단을 믿는 것은 매우 중요합니다. 하지만 질병에 대한 환자의 이해도가 의료진과 어느 정도 동등해야 의료진도 환자에게 정확한 정보를 제공할 수 있으며, 환자 또한 의사의 치료 과정이 올바르다고 확신할 수 있습니다. 정보가 넘쳐나는 세상이니 환자가 자신의 병에 대해 기본 지식을 가지고 병원에 오는 것도 필요합니다. 하지만 환자의 상태에 대한 정확한 판단은 진료실에서 이루어집니다.

환자의 상태, 사회적 환경, 경제적 여건 등 다양한 변수가 진료실 안에 존재합니다. 짧은 진료 시간에 이러한 것을 완전히 파악해 진료하기란 현실적으로 어렵습니다. 그러나 최대한 환자와 의료진이 대화를 통해 올바른 관계(계약 관계이기도 함)를 이루어 갈 시간이 필요합니다. 하물며 이러한 진료 과정 이후에 결정하게 되는 치료가 시술이나 수술이라면 더더욱 치료와 관련된 정보나 전후 상태의 가능성, 좋은 점, 문제점 등 다양한 질문을 위한 환자의 관심이 필요합니다. 물론 의료진 역시 이 질문에 합당한 답을 내놓아야 합니다. 과거에는 의사가 일방적 결정을 한 뒤 환자를 이끌거나 지시해 따르게 했지만, 지금은 의사와 환자가 정확한 정보 전달을 통해 환자의 상태와 생각을 중심으로 치료를 정해 가기 때문에 의사의 조력자로서의 역할이 커지고 있습니다.

한동안 우리나라는 다른 나라에 비해 인구 대비 척추 수술을 많이 했습니다. 수술이 모든 문제를 해결해 줄 것이라는 기대감과 통증을 빨리 해결하고픈 환자의 마음, 또한 이를 이용해 수술을 권하는 의료진의 욕구가 맞아떨어진 결과입니다. 지금도 의료 현장에서는, 적절한 수술에 대한 기준을 정해 그에 맞는 경우에만 수술을 하라는 건강보험심사평가원과 일선 의료진 사이에 줄다리기가 계속되고 있습니다. 특히 실비보험이라는 재정적 뒷받침으로 인해 치료에 대한 선택의 폭이 넓어진 것은 좋은 점일 수 있지만, 요통을 일으키는 많은 질환이 보존적 치료, 즉 약물치료, 물리치료, 운동치료만으로도 좋아질 수 있다는 사실을 간과하고 빨리 좋아지려는 욕심으로 조기에 과한 치료를 시행해 뜻하지 않은 상황을 경험할 수 있다는 것도 알아야 합니다. 환자는 시술이나 수술이 가져올 수 있는 문제점을 꼼꼼히 따져보고 궁금한 것들은 의료진에게 질문해 치료 과정을 결정하는 지혜가 필요합니다.

이 책에서 저자는 지금의 의료 현장에서 환자들이 경험할 수 있는 상황을 가감 없이 기록하였습니다. 통증을 겪고 있는 환자들이 병원을 방문했을 때 결코 잊지 말아야 할 내용을 담고 있어서 비슷한 경험을 하게 될 환자들이 어떻게 치료 과정을 준비하고 의사와 소통해야 하는지를 알려 줍니다.

저자의 표현을 빌려 말하자면 허리가 아픈 원인은 '있어야 할 자리를 잘못하여 내어 주었기' 때문입니다. 그 자리에서 제 역할을 담당해야 하는 것에 불균형이 왔을 때 통증이 시작됩니다. 근육이 척추의 관절을 지탱하기에 힘이 부족할 때, 뼈가 골절이 되어 고정되고 유지되는 틀에서 벗어날 때, 관절이 정해진 각도 이상 움직일 때 통증이 나타납니다. 사회 조직이 그렇듯이 몸도 그 자리에서의 제 역할에 과부하가 걸리거나 기능이 축소되면 문제가 생깁니다.

환자의 삶과 몸을 제 위치로 옮길 수 있도록 도와드리는 것, 그것이 의사의 역할임을 이 책을 통해 다시 한번 생각하게 됩니다. 당연하지만 잊고 지내던 것을 상기해 준 저자께 감사의 마음을 전합니다.

좋은선린병원 신경외과장
김영래

머리말
아픈 중에도 삶은 자란다

이 책은 2001년 시작되어 2021년까지, 20년간 나를 관통한 통증, 그리고 통증과 함께한 내 삶에 관한 기록이다. 통증이 시작되기 전, 나는 건강한 편은 아니었지만 심각하게 건강을 염려해 보지 않았다. "죽으면 썩게 될 몸을 뭘 그리 아끼겠느냐"라는 할머니의 말씀을 들으며 자랐다. 실제로 할머니는 나이 일흔이 안 되어서부터 허리가 이미 90도로 굽었고, 앉은 자리에서 한번 일어나려면 안간힘을 써야 했다. 하지만 돌아가시기 마지막 40일 전까지도 몸을 쉬지 않으셨다.

몸이 약해 자주 앓아누웠던 엄마 역시 자식들의 건강을 우선시하며 먹거리와 약을 챙기셨지만 정작 자신의 몸은 아끼지 않으셨다. 넉넉하지 않은 살림, 여덟 식구, 오 남매 전부를 대학에 보내기 위해 새벽부터 한밤중까지 쉴 수가 없으셨던 거다.

보고 자란 게 있어서 그런지 나는 몸을 경시했고 몸에 대해 무지했다. '건강한 신체에 건전한 정신이 깃든다'가 아니라, '정신이 건강하면 신체의 건강도 따라온다'는 생각이었다. 다이어트에는 신경을 썼지만, 몸의 건강과 체력을 위해 노력해 보지 않았다. 누군가로부터 선물받은 건강보조제는 여기저기 뒹굴다가 결국은 유통기한이 지나 버려졌다. 어려서부터 각종 알레르기, 변비, 수족냉증, 소화불량, 빈혈이 번갈아 괴롭혔고 근육이 적어서인지 체력이 약했지만, 편식일지언정 잘 먹었기에 몸을 돌봐야 한다는 사실을 직시해 보지 않았다.

그러던 2001년, 대지에 생명의 기운이 싹트던 어느 봄날, 봄의 기운을 거스르며 나는 통증의 세계로 빠져들었다. 허리 통증이 시작되었고, 통증은 곧 전신으로 뻗어 나갔다. 자업자득이었다.

통증을 없애 보려고 2001년부터 20년 동안 물리치료를 받았다. 대체의료기 위에 올라 누웠으며 근육주사를 맞았다. 도수치료, 체외충격파 치료, 시술, 침술, 수술을 받았다. 정형외과, 신경과, 신경외과, 재활의학과, 한의원, 척추전문병원과 대학병원을 전전했다. 좋은 의사도 만났고 그렇지 못한 의사도 만났다. 나와 맞는 도수치료사도 만났고 내 상태를 악화시킨 도수치료사도 만났다.

2014년 척추전문 시술을 받았다. 대리 시술이 분명했지만, 그게 불법인지 모르고 지나갔다. 의료소송은 꿈도 꾸지 못했다. 그런 걸 감당할 만한 몸도 정신도 아니었다. 시술 후, 내 몸은 돌이킬 수 없는 상태가 되었고 2016년 허리 수술을 받기 전까지, 체력은 바닥에서 바닥으로 떨어져 갔다.

마침내 수술을 받았지만, 회복은 요원했다. 수술 후 일 년이 되었을 때, 그때까지 없었던 무릎 통증이 새로 시작되어 걸을 수 없게 되었고 조금씩 멀어져 갔던 통증이 다시 달라붙고야 말았다. 온몸의 아귀가 맞지 않고 틀어지는 걸 느꼈다. 어떻게 해야 할지 몰랐다. 그리고 2017년 우울증에 걸렸다. 죽음만을 생각할 지경에 이르러 정신과 치료를 시작했다. 그동안 다닌 병원 목록에 정신과 하나를 더했다.

발병부터 실수였다. 치료를 위한 시도를 하면서 내내 실수들이 이어졌다. '어떻게 그렇게 어리석었을까?' '어떻게 그렇게도 몸에 대해 몰랐을까?' '어떻게 그렇게 속절없이 온갖 매스컴 광고에 무릎을 꿇었을까?' '어떻게 최소한의 내 몸 사용 설명서조차 갖고 있지 못했을까?' 이런 질문 앞에서 나를 돌아보면 지금도 한없이 부끄럽다.

그런데 젊은이들부터 노인에 이르기까지 다른 많은 사람

도 나와 별반 다르지 않다는 것을 알게 되었다. 허리 통증으로 고생하는 이들이 많고, 그들 역시 나와 비슷하게 다양한 실수를 하고 고역을 치르고 있다. 여전히 어떤 치료를 어떻게 받아야 할지 몰라 정신까지 무너져 내리는 이들이 있다.

딸의 친구가 서른 초반에 운동 후 요통을 앓게 되었다. 자신의 신체구조를 모르고 트레이너를 따라 과하게 운동한 게 화를 불러왔다. 그 친구는 요통을 치료하기 위해 시술했다가 부정출혈이 생겼고, 조금 나아져 필라테스를 하던 중 골반통에 시달리기도 했다. 초등학교에 다니는 어린 학생들이 허리가 아파서 병원에 오는 것도 종종 보았다.

허리 통증에 좋다고 해서 수영장에서 걷기를 시작하면서 아픈 분들을 많이 만났다. "○○에 있는 어떤 병원에 가서 주사 한 번 맞았더니 통증이 완전히 없어졌어요." 어느 분이 한 이 말을 듣고 그 병원에 몰려가 주사를 맞은 분이 여럿이다. 그러나 아무런 일도 일어나지 않았다. 또 내가 아는 어떤 분은 통증 때문에 하루하루를 지옥같이 지내면서도 수술이 무서워 수술 예약과 취소를 반복하고 있다. 막연한 희망, 막연한 두려움에 사로잡힌 채 통증으로 힘들게 살아가는 분들이 그렇게나 많다.

고려대·울산대·이화여대·경희대 예방의학 공동연구팀이

2010년부터 2015년까지 800여 건의 국민건강보험 전 국민 의료이용 통계를 분석해 '질병 부담 연구'를 마치고 논문과 보고서를 관련 학회에 보고했다고 한다. '질병 부담 연구'는 한국인이 평생 사는 동안 어떤 질병 때문에 시달리고 장애로 고생하고 일찍 죽게 되는지에 대한 분석이다. 연구팀은 한국인이 흔히 걸리는 288개 질병을 대상으로 기대 여명보다 일찍 사망해 입은 손실과 질병으로 장애가 생기거나 활동성 감소로 입게 되는 손해 등을 합한 점수로 순위를 매겼다. 이를 위해 보건복지부 중앙암등록본부 통계, 통계청 사망자 자료, 건강보험이 적용되지 않는 자동차 사고나 상해에 대한 병원 퇴원 데이터 등도 분석했다. 그 결과, 요통이 1위 당뇨병이 2위를 차지했다. 10대부터 40대까지는 요통이, 50대와 60대에서는 당뇨병이 톱을 차지한 것이다. ("허리병·당뇨, 한국인을 가장 괴롭히는 '질병 투톱'", <조선일보> 2019년 5월 4일 자 참고.)

요통은 거의 국민병이라 할 만하다. 나와 같은 경험을 하고, 여전히 고통에서 벗어나지 못하거나 잘못된 선택으로 고생하는 분이 정말 많은 걸 보면.

요통 환자로서 도움이 될 만한 책이 있을까 해서 수없이 인터넷을 검색했다. 인터넷에 떠돌아다니는 질문과 답변이 나를 혼란스럽게 했기 때문이다. 요통이 국민병에 가까움에도 불구하고 요통에 관한 환자들의 수기는 없었다. (내가 찾지 못한 것일까?)

'혹 내가 겪은 일이 누군가에게 길이 될 수 있을까?' 싶어 아직은 낫게 되리라는 확신이 없을 때부터 통증의 시작과 치료 경험, 실수 등을 머릿속에 정리하며 누운 채로 메모를 남겼다. 당시 내가 할 수 있는, 유일하게 유의미한 일이었다. 그렇게 남긴 메모와 일기, 사진들을 보면서 생생하게 살아나는 기억들을 좇아 이 글을 썼다. 글을 쓰려고 준비하는 과정에서 차례가 너무 좋아 구매할 목적으로 어떤 책을 펼쳐 보니, 척추전문병원인 자신의 병원 홍보물이라는 인상을 지울 수 없었다. 시술에 실패해 끔찍한 고통을 받은 경험이 없었다면, 그 책의 내용에 홀딱 반해 바로 그 병원을 찾아갔을 것 같다.

그러다가 두 권의 책을 새로이 발견할 수 있었다. 의사 어환 선생님의 《허리디스크 수술 없이 낫기》(김영사)와 지야 L. 코카스란과 리 헌터 라일리 3세가 같이 쓴 《허리병원 알고 갑시다》(시그마북스)는 여러 차례 실수를 거듭한 내가 충분히 공감할 수 있는 책이었다. (내 책과 함께 이 두 책을 읽으면 유익할 것이다.)

아픈 중에도 삶은 계속되었다. 기쁜 일들이 있었고, 슬픈 일들이 일어났다. 잔인하기만 한 시간을 보낸 적도 있다. 2014년부터 2019년까지 6년은 특히 그러했다.

2014년 겨울, 몸이 괜찮다 싶어 8년 동안 언니가 모시고 있던 엄마를 우리 집으로 오시게 했다. 단 일 년만이라도 내가 모시고 싶었다. 그러나 물러간 줄 알았던 통증이 다시 나를 덮쳤다. 너무 쉽게 생각하고 받은 시술이 쉬지 않고 내 몸을 돌이킬 수 없는 상황으로 몰고 갔다. 통증이 재발하고 몸 상태가 나락으로 떨어지는 상황에서 둘째 손자 달이 태어났다. 하지만 기쁨도 잠시. 손주 둘이 번갈아 가며 아프기 시작했다. 무너질 수 없어 버텼다. 손주 둘 다 겨우 고비를 넘겼을 때, 엄마는 요양원으로 가시고 나는 수술을 받았으나 회복이 요원했다. 그리고 5년이라는 시간이 흐른 지금, 손주는 회복했고 나도 긴 고통의 시간을 이겨 냈다. 엄마만이 내 곁을 떠나 돌아올 수 없는 곳으로 가셨다.

캠퍼스커플로 2년간 연애해 결혼했지만 남편과 갈등이 이어졌고, 한동안은 당장이라도 이혼할 것처럼 으르렁거렸다. 하지만 바로 그 남편이 20년간 아프다는 소리를 지긋지긋하게 들으면서도 한결같이 내 옆을 지켜 줬다. 특히 수술 전 2년부터 수술 후 회복하기까지 7년 동안 남편은 내게 그야말로 헌신을 다

했다. 여전히 내 상태가 불안하다며 어디를 가도 호위해 주고, 식사를 준비하는 일을 제외한 빨래, 청소 등 모든 가정사를 담당하고 있다.

결혼 42년 차, 건강을 자신할 수 없고, 수입이 줄고, 얼굴 주름이 늘어만 가는데, 닭살 돋는 멘트를 날리며 신혼처럼 살고 있다. 건강을 잃어버린 20년, 특히 잔인하기만 했던 6-7년간의 고난이 다르기만 한 두 사람을 서로 긍휼히 여기게 했고, 인정하고 함께 살아가는 방법을 터득하게 해줬다. 아픈 기간에 '이번이 마지막일지 모른다'는 생각으로 했던 여행은, '이제부터'라는 생각으로 하는 여행이 되었다. 그동안 진지하게 남편에게 감사하다고 말하지 못했다. 이 글에 감사의 마음을 담아 진지하게 전한다. 여생을 함께 누리자고!

때로는 즐거움을 줘 살 만하게 해주고, 때로는 마음을 아프게 해 내가 무너지는 대신 계속 성장하게 하는 딸들 그리고 사위들, 손자들에게 고마운 마음을 전한다. 이들이 없었다면, 나는 20년이라는 고통의 기간을 견뎌내지 못했을 테고 성장도 없었을 것이다.

경험을 글로 남기겠다고 마음에 품었지만 시작하지 못하는 상황에서, 내게 글을 써보라고 제안한 이현주 '사자와어린양' 대표께도 감사를 전한다. 정확한 진단과 설명, 치료를 해주신 몇몇 의료진들, 기도해 주고 찾아와 주고 위로해 준 친구·동기·동료들에게 고마운 마음을 전한다. 이 글을 미리 읽고 의학적으로 틀린 내용은 없는지 살펴 준 '좋은선린병원' 신경외과장 김영래 선생님께도 감사드린다.

다만 미안한 분이 한 분 있다. 엄마. 같이 계시는 동안 나로 인해 많이 아팠을 엄마. 엄마란 그런 존재다. 내가 세상을 떠난 다음에는 나로 인해 가족들이 미안해하거나 아파하지 않았으면 좋겠다. 지금까지, 심지어 아픈 중에도 충분히 감사한 날들을 살았다고, 나로 인해 아파하지 말아 달라고 나의 딸들에게 미리 말해 둔다.

통증은 여전히 내 옆에 있다. 그러나 과거와 달리 친구로 내 곁에 있다. 20년의 삶을 다시 살라면, 그렇게 못할 것 같다. 그러나 지난 20년을 떼어 버리고 싶지도 않다. 힘들었으나 소중한 시간이기도 했다. 짧지 않은 세월의 아픔을 딛고 비록 완전하지는 않더라도 몸이 나았다. 그로 인해 조금 더 나은 사람이 될 수 있었다. 나 외의 다른 이들의 아픔에 좀 더 공감할 수 있게 되었고, 사람뿐 아니라 세상에 존재하는 모든 것의 아름다움, 아픔, 권리를 이전보다는 조금 더 읽을 수 있게 되었다.

한때 삶을 포기하고 싶었고 그럴 뻔했다. 그러나 포기하지 않고 치료를 받았고 몸도 어느 정도 회복된 지금, 나는 사는 일에 만족하고 있다. 이제 조금은 더 하고 싶은 일을 하고, 사람 사랑하는 삶을 누리고 싶다.

허리 통증의 원인과 발병부터 치료 과정, 그 가운데 겪은 실수와 아픔을 지루할 만큼 꼼꼼하게 기록한 이유는 내가 한 실수가 어떤 분에게는 길잡이가 되기를, 내가 한 실수를 피하게 되기를 바라는 마음이 커서다. 도저히 불가능할 것 같았지만 긴 시간에 걸쳐 건강을 회복했다. 내 경험에 따르면 몸에는 자연 치유력이 있는 것 같다.

경험과 지식이, 게다가 필력이 부족해 마음만큼 유익한 글이 되지 못할까 봐 염려된다. 그러기에 더욱, 아픔으로 인해 희망을 잃고 힘들어하는 환자와 보호자들이 이 글을 읽고 희망을 되찾기를, 몸이 회복되어 나와 같은 고백을 할 수 있기를 손모아 빈다.

2022년 3월
몸을 돌아보는 시간에
조 희 선

몸을 돌아보지 못한 시간

발병에서 수술까지 15년

인간 피라미드 쌓기와 함께 찾아온 허리 통증

"가위바위보!"

"헉!"

"전도사님이 졌어요! ㅋㅋㅋ~"

교회학교 고등부 학생들이 토요일 하룻밤을 교회에서 같이 놀자고 했다. 만난 지 얼마 안 되는 학생들과 가까워질 절호의 기회였다. 모이자마자 처음으로 한 놀이가 인간 피라미드 쌓기!

가위바위보! 나만 다른 걸 냈다. 나 혼자, 제일 먼저, 졌다.

'세상에나. 내가 제일 아래에서 덩치 큰 이 아이들을?'

하지만 걱정은 아주 잠깐 스쳐 지나갔을 뿐이다.

'기왕이면 확실하게 져주는 것도 괜찮지. 더 재미있을 것 같아!'

생각이 그렇게 바뀌자 '인간 피라미드 쌓기'는 생애 처음 해보는, 재미있고 흥분되는 놀이로 다가왔다. 열여섯 살에서 열여덟 살까지의 한창 혈기 왕성하고 건장한 남학생들 아래, 제일 밑바닥에 마흔다섯 살의 형편없는 체력의 소유자인 내가 있었다. 그렇게 나는 생전 처음 하는 놀이에 신나게, 기꺼이 덤벼들었다. 그리고 허리 통증*이 찾아왔다. 이전에 경험한 것과는 전혀 다른 허리 통증이.

스물네 살이 된 1980년 1월. 졸업도 하기 전에 결혼을 했다. 이후 졸업-임신-출산을 10월까지 끝냈다. 스물여덟 살이 된 1984년, 신의 존재가 있어야 세상이 설명된다고 생각하게 되었고, 3년 뒤인 1987년 처음 교회에 출석했다. 1992년 교회가 운영하는 전화상담실을 준비하는 과정에서 심리학을 만났다. 심리학을 공부하면서 준비 안 된 엄마, 무지한 엄마로 큰딸에게 저지른 잘못을 깨달았다. 딸은 이미 중학교 2학년이 되어 있었다. 나 같은 부모가 많을 터였고, 나 같은 부모 때문에 마음이 다친 청(소)년들도 많을 터였다. 청(소)년들에게 가기로 했다. 신학과 심리학을 공부해 온전히 사람을 이해해 보기로 했다. 그렇게 된다면 딸과 같은 청(소)년들에게 작은 힘이 될 것만 같았다. 대학 졸업 18년 만에 다시 공부를 시작한 이유다.

1998년 마흔두 살이 된 해 신학대학원에 입학했다. 그사이 큰딸은 고등학교 1학년, 작은딸은 초등학교 2학년이 되어 있었다. 둘째가 어리긴 했지만, 내가 신학대학원 입시를 준비하면서부터 메시지를 적은 쪽지로 서로를 격려해 온 사이였다. "우리 딸 혼자서도 뭐든 잘해 줘서 고마워. 사랑해!"라고 쪽지를 보내면, "엄마 내 걱정은 하지 말고 열심히 공부해"라고, 아직은 고사리 같은 손으로 쓴 쪽지가 내 책상 위에 놓여 있었다. 그리고 남편의 격려가 있었다. "당신을 믿어. 늦게 시작한 공분데 하고 싶은 만큼, 할 수 있는 만큼 해봐." 입시를 코앞에 둔 큰딸도 불평하지 않았다. 그렇게 가족 모두의 지지가 있어서 만학을 시작할 수 있었다.

그때까지 전업주부로 지냈다. 공부를 따라가는 게 쉬울 리 없었다. 새벽에 싼 도시락을 들려 큰딸을 차로 학교에 데려다 놓고, 나도 바로 학교로 갔다. 작은딸은 출근 전인 남편과 시어머니께 맡겼다. 그리고 늦은 저녁에야 집에 들어왔다.

몸은 언제나 녹초 상태였다. 한 학년과 또 한 학기를 마치고 2학기가 시작되기 전, 함께 생활하던 시어머님이 중풍으로 쓰러지셨다. 초등학생 3학년 작은딸과 내가 얼마간 대소변을 받아내야 했다. 몸이 천근만근 내려앉았고 허리가 끊어질 듯 아팠다. 처음 경험한 허리 통증이었다. 발병 6개월 만에 시어머님이 돌아가셨고 허리 통증은 서서히 사라졌다. 공부에 집안일에, 학교 다니는 3년 동안 아프지 않은 날이 없었지만 그렇다고

1부 몸을 돌아보지 못한 시간

앓아누운 날도 없었다. 힘겹게 신학대학원 3년을 채우고 졸업했을 때, 내 체력은 바닥이었다. 그러나 그런 사실을 의식할 틈도 없이 교회에서 전임전도사가 되었고 그 시작에 '신나는 인간 피라미드 쌓기'가 있었다.

인간 피라미드 쌓기는 철저히 몸으로 하는 놀이다. 몸을 알아야 다치지 않고 할 수 있다. 완전 무방비 상태로 대책 없이 할 수 있는 놀이가 아니었다. 그런데 나는 그것도 모르고 지칠 대로 지친 몸을 아무런 준비도 시키지 않은 채 마음만 앞서 쉽게 엎드렸다. 여러 건장한 고등학생들의 몸들이 내 위에 올라갔고, 이내 내 몸 어딘가가 제자리를 이탈하는 듯했다.

교회에서 불편한 일박을 하고 잠에서 깨어난 아침, 허리, 엉덩이, 허벅지, 종아리를 거쳐 발목까지 어디 한 군데 빼놓지 않고 저렸다. 이른바 '방사통'이었다. 서 있기조차 힘들 정도로 통증이 심했다. 내색하지 않고 속으로만 끙끙 앓으며 아침 예배를 시작으로 교사회의와 기타 행정업무를 소화하고 오후 예배까지 드리며 하루를 버텼다.

다음 날. 어느 정도 나아 있기를 기대했으나 통증은 그대로였다.

통증 완화와 소멸의 기간

정형외과를 찾았다. 치료 효과는 미미했다. 한 달 넘게 치료를 받으면서 허리는 여전히 아팠지만, 방사통은 확연히 줄었다. 병원치료를 그만 받기로 했다.

해가 바뀌어도 증상에 별 차도가 없었으나, 몸이 적응하는 건지 그럭저럭 견딜 만했다. '좌골신경통? 디스크?' 세상의 허리 통증은 그게 다인 줄 알았다. 고칠 수 없는 고질병쯤으로 알고 버티기로 했다.

허리 통증의 호전과 악화가 반복되었다. 견디기 힘든 어느 시점에 대체의료기가 좋다는 소리를 들었다. 2001년 당시에 200만 원을 훨씬 웃도는 대체의료기를 집에 들여놓았다. 눈만 뜨면, 틈만 나면, 무조건 대체의료기에 누웠다. (허리 아픈 모든 사람이 대체의료기에 누워도 되는 건 아니다. 척추 질환에 따라 치료가 제한된다. 광고만 보고 무조건 사거나 올라가 누우면 안 된다. 세심한 주의가 필요하다.) 서서히 통증이 물러났다. 덕분에 교회 일을 하면서도 다시 대학원 과정에 입학해 상담학을 공부할 수 있었다.

대학원 수료 과정을 끝내고 논문만 남긴 상태에서 고등학교로 일터를 옮겼다. 수업을 듣기만 하던 사람이 일주일에 18시간씩 수업을 하니 목이 아팠다. 월요일마다 학교에서 드리는 예배 준비가 만만치 않았다. 학생 2,000여 명, 50개 넘는 학급이 방송으로 예배를 드렸지만, 서너 학급 정도는 예배실로 자리를 옮겨 현장에서 예배를 드렸다. 학생들의 이동, 학생들과 선생님들에게 예배 사회나 기도, 특송 순서를 맡기는 일이 단순하지 않았고, 신입생수련회, 간부수련회, 사경회 등등 교회에서보다 일이 훨씬 많고 복잡했다.

낯설기만 한 행정업무도 처리해야 했다. 참고서와 과외가 필요 없는 교재를 만들어 보자는 학교 방침으로 16강으로 된 교재도 틈틈이 만들었다. 습관처럼 새벽 4시에 일어났고, 여전히 대체의료기에 올라갔다. 그러고는 어느새 고등학교 1학년이 되어 있는 둘째를 겨우 깨워 놓고 6시면 집을 나섰다. 퇴근 후에는 논문을 쓰며 늦게까지 학교에 있었다. 야간자율학습이 끝나는 시간에 맞춰 딸의 학교에 들러 함께 집으로 오면 어느새 11시가 되어 있었다. 그러나 그 고된 일정 가운데서도 통증은 재발하지 않았다.

학교생활은 생체리듬을 역행하지 않았다. 교회 교역자로 지낼 때 가장 어려운 것이 생체리듬을 거스르는 것이었다. 새벽기도회를 끝낸 다음 집에 다녀오지 않고 교회에서 계속 일하는 분들도 있었지만, 나는 멀리 떨어진 집에 가서 식구들의 얼굴을 보고 출근을 했다. 출근 전, 쪽잠이라도 들면 몸은 더 힘들어진다. 철야기도회를 끝내고 오면, 이미 자정이 넘어 있었다. 청소년 이나 청년의 경우 심방이나 성경공부를 하려면 무조건 저녁 시 간이어야 한다. 대체로 목회자들의 활동이 그렇게 생체리듬을 거스른다.

학교에서 일하면서도 4시 기상, 고된 업무, 근무 시간 후 논 문 작업, 10시 자율 퇴근, 12시 취침 생활은 교역자 생활 때와 크 게 다르지 않았다. 하지만 내가 계획한 대로 매일 일정한 패턴 을 유지할 수 있었다. 일요일에는 가족과 시간을 보낼 수 있었 고 긴장 없이 예배를 드릴 수 있었다. 방학도 있었다.

허리 통증? 나도 디스크?

허리가 아프면 대체로 '디스크'라고 자가 진단을 한다. 하지만 요통에는 상당히 다양한 원인이 있다. 우리가 흔히 디스크라 일컫는 '추간판탈출증' 외에도, 척추협착증, 퇴행성 척추전방전위증, 척추분리증, 척추측만증과 척추증, 요추염좌, 외상성 골절, 혈관성 파행, 스테로이드 치료로 인한 뼈의 약화, 감염, 종양 등이 있다. 실제로 추간판탈출증이 원인이 되는 요통은 비중이 작다.

정확한 진단을 위해서 영상 검사, 전기진단 검사와 골스캔, 후관절 차단술, 그리고 신경학적 검사 등을 실시한다. 자기공명영상 검사(MRI)가 꼭 필요하지는 않다. 자기공명영상 검사를 받고 일부 원인이 관찰되어도 증상이 없으면 수술을 할 필요가 없다. 추간판탈출증 초기(대체로 4주 이내)에 자기공명영상 검사를 하는 것은 과잉 검사일 수 있다.

요통을 치료하는 전문가로는 재활의학 전문의, 신경외과의, 정형외과 척추의가 있으며, 치료법으로는 자연치유, 비수술적 치료법, 수술적 치료법이 있다.

- 어환, 《허리디스크 수술 없이 낫기》(김영사), 64-73쪽 참고.
- 지야 L. 코카스란 외, 《허리병원 알고 갑시다》(시그마북스), 51-126쪽 참고.

환대의 공간을 잃고 통증이 재발했다

2006년 새 학년이 시작되기 전 근무하던 고등학교에서 나왔다. 학교를 그만두자 전문대학에서 시간 강사 제의가 들어왔다. 한 학기 동안 시간 강사로 지내면서 대학생을 만나는 게 새로운 즐거움으로 다가왔다. 어쩌면 고등학생보다는 대학생을 만나는 일이 내게 더 맞을지 모른다는 생각을 할 때, S교회에서 캠퍼스선교사를 모집한다는 공고가 났고 그 일에 지원했다.

그렇게 해서 2006년 11월에 S대학 캠퍼스선교사가 되어 있었다. S교회가 급여를 주었지만 나는 S교회 바깥사람이었다. S대학은 나를 부른 적이 없다. 그러니 S대학에서도 나는 바깥사람이었다. S교회에도 S대학에도 내게 주어진 사무실, 책상, 의자는 없었다. 주차장에 차를 세울 권리마저도. 캠퍼스선교사로 지원하면서 단 한 번도 생각해 보지 않은 일이었다. 기독학생회, 기독교수회, 직원회, 선교단체를 찾아 여러 사람을 만났고 대체로 나를 따뜻하게 맞이해 줬지만, 나만의 장소(사무실, 책상, 의자)를 갖지 못한 나는 언제나 불안정했다.

"목사님을 만나려면 어디로 가야 하나요?"

학생들의 질문에 나는 답할 수 없는 처지였다. 분명히 학교 안에 있으면서도 나만의 장소가 없는, (과장하자면) 유령 같은 존재였다. 누군가 내게 오고 싶어도 내가 어디에 있을지 모르는 존재. 쉽게 찾을 수 없는 존재. 그렇더라도 누군가가 찾는다면 만나야 한다는 게 내 의무로 다가왔다. 사무실도 책상도 없는 캠퍼스에 누가 나오라고도 하지 않는데 거의 매일 출근을 했다.

교수 몇 분의 배려가 있었다. 자신이 출근하지 않는 날에 사무실을 쓰라고 열쇠를 준 분이 있고, 연구 학기를 맞으면서 연구실 키를 준 분이 있다. 그분들의 사무실에 있는 동안, 성경 공부, 책 읽기 모임, 상담 혹은 환담의 시간을 가질 수 있었다. 학생들이 그 방에 와 자기들끼리 기도 시간을 갖기도 했다. 하지만 배려를 받아 사용하는 그 연구실은, 내 방이 아닌 늘 남의 방이었다. 그곳에서 단 한 번도, 단 하루도 편히 있을 수 없었다.

연구 학기를 끝내고 돌아온 교수님이 도서관 출입증을 만들어 주었다. 이후 거의 모든 날, 하루 대부분을 도서관에서 지냈다. 그곳을 나의 장소로 만들기로 했다. 읽고 싶은 책을 얼마든지 빌리는 행운을 누렸다. 가끔은 학생들, 선교단체 간사님들을 그곳에서 만날 수 있었다. 그러나 도서관은 도서관일 뿐, 모두의 장소였고 누구도 침범할 수 없는 나만의 장소는 아니었다.

신학대학원에 입학한 후 9년 동안 승용차를 타고 다니다가 이때부터 온전히 버스를 이용했다. 내게는 주차권이 없었으니까. 가방은 무거웠고, 나만의 장소가 없으니 마음의 안식을 잃었다. 캠퍼스선교사로 활동을 시작하면서 곧 몸살기가 찾아왔다. 허리 통증도 재발했다. 정형외과를 다녔으나 별 효과가 없었다. 허리 통증에 더해 등과 목에도 통증이 찾아왔다. 도서관에 오래 앉아 책을 읽으면서 생긴 듯했다. 병원 치료를 받아도 잠들지 못할 정도로 통증이 심해지는 동안에도 도서관으로 매일 출근했다. 그곳에서 책을 읽었고, 가끔 사람들을 만났고, 자율적으로 정한 퇴근 시간이 되면 빌린 책으로 무거워진 가방을 메고 나왔다. 책들을 놓아둘 사무실도 책상도 내게는 없었다.

학교를 졸업한 청년들과 함께 독립신문을 만들기 시작하면서 그곳 도서관에서 더욱 책을 읽고 글을 썼다. 여러 분의 배려와 도움, 도서관을 드나들 수 있는 혜택, 하고 싶은 일을 할 기회… 많은 것을 누렸지만, 소속 교회에서도 일터인 학교에서도 나는 장소를 부여받지 못한 외부인이었다. 그리고 그곳에서 허리 통증이 재발했고 악화했다.

김현경은 《사람, 장소, 환대》(문학과지성사)의 시작을 《그림자를 판 사나이》(열림원)로 시작한다. 《그림자를 판 사나이》는 작가 아델베르트 폰 샤미소가 자신의 경험을 바탕으로 쓴 소설이다. 아델베르트 폰 샤미소는 프랑스 북부 샹파뉴 지방에서 태어났지만, 프랑스 혁명을 겪으며 재산을 몰수당하고 독일로 망명하여 평생을 망명지 독일에서 독일인으로서 살게 되었다. 소설의 주인공인, 궁핍했던 슐레밀은 자신의 그림자를, 금을 무한히 만들어 내는 마법의 주머니와 바꿔 호화로운 생활을 영위한다. 그러나 그 자루는 행운이 아니었다. 그림자를 잃은 슐레밀은 금을 얻었으나 사람 취급을 받지 못하고 어디를 가든 그곳에서 배척당한다. 그림자를 판 사나이 슐레밀은 망명인으로 살아온 아델베르트 폰 샤미소의 한때를 담아낸 자화상인 듯하다.

벗이여, 만약 사람들과 함께 살고 싶어 하는 이들이라면, 부디 무엇보다도 그림자를 중시하고, 그다음에 돈을 중시하라고 가르쳐 주게나. 《그림자를 판 사나이》에서

《사람, 장소, 환대》에서 김현경은 먼저 '그림자라는 건 무엇일까?'라는 물음을 던진다. 그리고 그림자를 '장소'라고 말한다. 김현경은 인간이 세상에 태어난다고 해서 다 사람대접을 받는 게 아니라, 그룹의 '성원권'을 얻게 될 때 비로소 사람대접을 받

는다고 한다. 성원권은 장소에 대한 권리로 이어진다. 자기 장소를 가진 사람이 보이는(그림자 있는) 존재로 인정받는다. 그 안에 자신의 자리를 갖지 못한 사람은 보이지 않는(그림자 없는) 존재일 뿐이다. 장소(그림자)를 갖지 못한 사람은 차별의 대상이 된다. 그리고 '환대'란 타자에게 자리를 주는 것, 그의 자리를 인정하는 것이다. 사회 안에 자리(장소)가 없는 사람, 사회 바깥에 있는 사람은 자신을 위해 나서 줄 제삼자를 갖지 못하고, 사회적 관계에서도 자신의 자리(장소)를 지킬 수 없다는 것이다. '사람', '장소', '환대'는 톱니바퀴처럼 긴밀하게 연결되어 있다. 저자는 결국 모든 이에게 자리, 즉 장소(그림자)를 주고, 그 자리에 불가침성을 선언하는 사회가 되어야 한다는 절대적 환대를 주장한다.

IMF 시절 회사에 속했으나 책상이 사라진 분들이 그랬고, 일터가 아닌 청소용역회사에 속한 청소노동자들이 그랬듯이, 교회 소속으로 캠퍼스에서 일하는 나 역시, 교회에서도 캠퍼스에서도 권리를 주장할 만한 나만의 자리(장소)가 없었다. 어느 날,《사람, 장소, 환대》를 읽으면서 '도서관'은 교회에서도 캠퍼스에서도 성원권을 갖지 못한 존재가 느껴야 했던 불안을 잠식시키기 위한 몸부림의 자리였다는 걸 알게 되었다.

자궁적출, 도수치료, 무책임한 의사들

캠퍼스로 출근한 지 3년 반이 흐른 2010년 여름, 통증은 참을 수 없을 지경이 되었다. 캠퍼스 근처 정형외과에서 근육에 놓는 주사를 맞기 시작했다. 의사는 초음파로 들여다보며 염증이 있다고 판단되는 곳에 주사를 놓았다. 어떤 날은 열 군데 이상, 어떤 날엔 그보다 적게 주사를 놓았다. 물리치료를 받고, 파스를 붙이고, 처방 약을 먹었다. 효과가 미미했지만 허리 통증이 멈추는 날도 있었다.

여전히 하루 대부분을 책상에 앉아 지냈다. 의자 위에 양반다리를 하고 앉거나, 한쪽 다리를 다른 한쪽 다리에 올리고 앉았다. 양반다리를 하고 앉는 것이, 허리와 무릎에 부담을 준다는 걸, 허벅지 근육을 약하게 만든다는 걸, 한쪽 다리를 다른 한쪽 다리에 올리고 앉으면 골반이 틀어진다는 걸 그때는 알지 못했다. 운동이 필요하다는 걸 막연히 알고 있었지만, 할 줄 아는 운동이 없었다.

설상가상으로 2011년 자궁적출 수술을 받았다. 정상적인 생리라면 이틀째 되는 날 생리혈 양이 많아졌다가 사흘이 되는 순간부터는 그 양이 상당히 줄고 곧 사라진다. 그런데 언젠가부터 그 패턴이 완전히 깨졌다. 일주일 내내 생리혈이 많았다. 생리혈이 바닥으로 떨어지는 지경까지 갔다. 산부인과 검사 결과, 나는 이미 폐경 상태였다. 내가 생리혈로 알았던 피는 자궁근종에 의한 것이었다. 그동안 크기에 변화가 없어 관찰만 해오던 근종이 갑자기 커지면서 출혈이 심해진 건데 알아채지 못하고 차일피일 병원 가기를 미룬 것이다. 근종의 크기가 이미 12센티를 넘겼고 빠른 수술이 필요하다고 했다.

수술이 끝나고 의식이 돌아오면서부터 허리가 끊어질 듯 아팠다. 퇴원하는 날까지 7일간의 입원 기간 내내. 퇴원해서도 오랫동안 허리 통증이 계속되었다. 집으로 돌아와 일주일이 지나도록 걷기조차 힘들었다. 회복이 더뎠고 식욕이 없었다.

"몸의 코어 부분인 자궁이 사라지면 다른 기관들이 그 부분을 메우기 위해 제자리를 이탈하면서 척추가 약해질 수도 있지요."

시간이 한참 지나서 만난 도수치료사가 해준 말이다. 나의 병력을 잘 아는 의사분은 수술하면서 신체 조직 일부를 잘라낸 후 잡아당기는 과정에서 근육에 무리가 생길 수 있다고 알려주었다. 그래서였을까? 자궁적출 수술 이후 허리 통증이 심해졌고, 통증이 몸 전체로 번졌다. 고질적인 불면증도 이때부터 시작되었다. 밤을 꼬박 새워도 졸음조차 없었다. 동네 가정의학과에서 불면증 약 졸피뎀을 처방받았다.

우리 몸에서 제거해도 상관없는, 중요하지 않은 기관은 없다. 경험으로 얻은 지혜다. '근종이 커지기 전, 해마다 근종의 크기를 재어 가는 동안 병원에서는 왜 별다른 치료를 해주지 않았을까? 왜 근종이 커져 자궁을 적출하는 상황까지 가게 했을까? 적출이 필요한 단계에 이르기 전 치료가 우선되어야 했던 것 아닐까? 그렇게 하는 건 불가능했을까? 만일 가임기 여성이었다면 어떻게 했을까?'

자궁을 적출한 후 허리 통증이 심해지고 뒤이어 몸의 구석구석 이유를 알 수 없는 통증이 발생하면서 뒤늦은 질문을 하게 되었다.

모든 수술은 신중하게 결정해야 한다. 수술 이전에 '꼭 수술을 해야만 하는지, 수술 외에 다른 치료가 가능한지, 수술 후의 부작용은 어떤 것이 있는지?' 등 의사와 환자의 진지한 고민과 대화가 필요하다. 이것 역시 경험으로 얻은 지혜다.

자궁근종이 있음을 알게 되었을 때, 병원에서는 지켜보다가 문제가 될 만큼 커지면 자궁을 제거하자고 했고, 나도 별 의문 없이 그러겠노라고 했다. 자궁적출 단계에 이를 때까지 나는 질문하지 않았고, 의사 역시 내게 말해 주지 않았다. 서로 주고받음 없이 일방적인 치료가 이루어지는 현실이다. 의사와 환자 모두의 책임이다.

처음 도수치료*를 받던 날, 허리 통증 치료의 신세계를 경험했다. 동료가 광화문에 있는 신경외과의원을 소개해 방문했더니 도수치료를 처방했다. 병원이 크고 깨끗했다. 의사가 TV에 출연한 것 같았고 환자가 많았다. 그 때문에 좋은 병원, 좋은 의사라는 믿음이 생겼다. 한 시간 1회 도수치료 비용은 15만 원이라고 했다.

"실비보험 있으세요? 실비보험 있으시면 본인 부담은 없습니다."

"제게 있는 실비보험은 통원의 경우 10만 원까지 청구할 수 있는데요."

"그럼 40분으로 줄여서 치료받으실 수 있어요."

'뭐야? 값에 따라 치료 시간을 정해? 치료가 아니라 완전 장사네'라고 생각하면서도, 40분이라도 치료받을 수 있다는 사실에 안도했다.

"40분간 해드려야 하지만 치료를 위해 더 해드릴 수도 있어요. 아주 약하다고 느끼겠지만, 신세계를 경험하실 겁니다. 눈도 잘 보이실 겁니다."

그의 말만큼이나 손길이 부드러웠다. 목부터 시작해, 전신을 건드렸다. 앞뒤로 돌아누웠고 옆으로도 누운 채 치료사의 손길에 몸을 맡겼다. 말한 대로 40분이 아니라 한 시간을 넘겼다. 몸의 긴장이 다 풀리며, 수년 만에 온몸이 휴식을 취한 것 같았다. 눈도 잘 보이는 듯했다. 도수치료사가 내게 한 말이 모두 사실이었다. 그분 말대로 신세계를 경험하고 도수치료에 매료되었다. 그러나 그 치료사는 내게 지정된 분이 아니었다. 내가 병원에 간 날, 내 담당자가 다른 분을 치료하고 있어서 그분이 대신 한 것이다.

도수치료로 만난 신세계는 딱 하루로 끝났다. 내게 지정된 도수치료사에게 치료를 받기 시작하면서부터는 처음 받을 때와는 느낌이 사뭇 달랐다. 치료사의 손에 힘이 많이 들어가 있어서인지 몸이 풀어지지 않았다. 치료 후 오히려 몸이 답답하다는 느낌을 받았다. 처음 해주신 분으로 치료사를 바꾸고 싶었으나 담당 치료사가 불이익을 받을지 모른다는 생각에, '계속하다 보면 나아지겠지' 하고 마음을 다스렸다. 10회 차가 넘어가도 나아지지 않았다.

담당 치료사의 제안에 따라 기계 치료를 받았다. 그런데 오히려 팔꿈치와 무릎의 감각이 둔해지고 힘이 빠지는 증상이 나타났다. 몇 번을 더 받다가 의사에게 진료를 요청해 증상을 말했다.

"우리 병원은 문제없습니다. 뭘 원하시는 겁니까?"

"원하는 거라니요? 저는 필요한 검사를 받고 싶을 뿐입니다."

'뭘 원하시는 겁니까?'라니. TV 출연 의사, 밀려드는 환자, 깨끗하고 화려한 병원이 환자에게 좋은 병원, 좋은 의사를 보장하지 않는다는 걸 그제야 알게 되었다. (나는 어리석었다.) 그 병원에서 더는 치료받기 싫었고 그래서도 안 되었다. 3차 병원에 갈 수 있도록 진료의뢰서를 써달라고 했다. 자신의 스승에게 가보라며 진료의뢰서를 써줬다.

이후에도 도수치료사를 여럿 만났다. 요즘도 주기적으로 찾아오는 통증 때문에 가끔 도수치료를 받는다. 뼈에 힘을 가하는 분이 있고, 긴장된 근육을 풀어 통증을 줄여 주는 분이 있다. 긴장된 근육을 풀어 주는 방법도 다양하다. 어떤 게 더 나은지는 잘 모르겠다. 경험에 의하면, 누가 하는가에 따라 효과가 다른 듯하다. 자신에게 맞는 도수치료사가 따로 있고, 환자의 상태를 정확하게 진단해 압력의 세기를 잘 조절하는 치료사를 만나야 효과를 볼 수 있다. 같은 사람이 치료해도 때에 따라 효과가 다르게 나타난다. 효과가 좋은 경우라 해도 도수치료에만 의존해서는 안 된다.

광화문의 병원에서 떼어 준 진료의뢰서를 가지고 대학병원 신경과에 갔다.

"양손을 들어 보세요. 앞으로 엎드려 보세요. 섬유근육통입니다. 고칠 수 없고요. 통증을 없애는 약은 드릴 수 있습니다. 처방해 드릴까요?"

이게 진료의 전부였다. '이 양반이 정말 의사가 맞아?' 하는 생각이 들었다. 오만하고 무책임하고 무성의했다. 처방을 거절하고 병원을 나왔으나, '섬유근육통'이라는 진단이 내 머리에 각인되었다. 그나마 처음으로 받은 명쾌한 진단이었다.

통증과 불면을 제외하면 다른 분들이 말하는 섬유근육통과는 증세와 달랐다. 그런데도 나는 의사의 한마디 때문에 나를 '섬유근육통 환자'라고 굳게 믿었다. 무지한 환자는 의사들 앞에서 어리석고 바보 같은 존재가 되기 쉽다. 내가 그랬다.

도수치료와 같은 수동적 치료에 대한 조언

통증을 완화하는 어떤 치료법이라도 그 목적은 궁극적으로 활동을 하게 하는 데 있다. 제대로 회복하기 위해서는 능동적인 재활 치료 프로그램이 필요하다. 모든 노력은 정상치의 운동 능력을 회복하게 하는 데 있다. 통증을 완화시키는 단기 치료는 활동을 제한한다. 마약성 약물은 통증을 줄여 주지만 진정 작용이 있어서 졸림을 유발한다. 근육 이완제는 근육의 긴장을 풀어 주지만 쉽게 피로감을 줄 수 있다. 장기적으로 보았을 때 이러한 부작용이 정상 생활로 돌아가기 어렵게 만든다. 이러한 단점은 침술이나 도수치료, 열 패드 혹은 전기 자극이나 마사지 같은 수동적인 치료법에서 공통적으로 나타난다. 대부분의 경우, 이러한 시술을 받으면 증상의 호전을 느낄 수 있지만, 활동력까지 증가시키지는 못한다. 처음 5분 내지 10분 정도는 편안할 수 있으나 나중에는 편안함을 더 이상 느끼지 못하고 활동력을 잃게 된다.

– 지야 L. 코카스란 외, 《허리병원 알고 갑시다》(시그마북스), 137-138쪽 참고.

성원권을 얻은 기쁨을 뒤로하고 나는 떠났다, 그리고 시술을 했다

2012년 6월, 캠퍼스 안에서 활동하는 교회와 선교단체들의 협의체가 내게 일을 맡겼다. 기관에서 발행하는 잡지를 편집하는 일이었다. 편집장을 맡게 되면서 사무실과 나만의 책상이 생겼다. 5년 6개월 만의 일이다.

환대의 장소와 그곳 성원권을 내어 준 분들로 인해, 나는 다시 그림자를 가진 사람이 되었다. 그곳에서 생각과 마음이 맞는 분들을 만났고, 좋아하는 일을 할 수 있었고, 대화로 방법을 찾아가며 일할 수 있었다. 잃었다가 되찾은 '장소'에서 하는 일은 더욱 사랑할 만했다.

내 손에서 편집을 거쳐 만들어진 잡지 2,000권이 사무실에 도착하는 날은 설렘이었다. 건물에 엘리베이터가 없어서 처음엔 4층, 사무실이 이사한 후에는 3층에서, 독자들에게 보내기 위해 봉투나 박스에 잡지를 넣어 우체국으로 가져가려면 아래층까지 책을 날라야 했다. 남자 세 분이 주로 날랐고, 내가 나르기를 기대하는 분은 없었지만 나도 최선을 다해 운반했다. 잡지가 나오기까지 실무책임을 맡은 사람으로서 책을 운반할 책임 또한 있다고 여겼다. 전신 통증 때문에 집으로 돌아오는 길에 정형외과에 들러 물리치료와 견인치료를 받고 주사를 맞는 게 일과였지만, 다시 얻은 나만의 장소에서 안정감을 가지고 일하는 충분한 즐거움을 누렸다. 지금도 그곳, 그분들, 그 일들에 마음 깊이 감사한다.

캠퍼스선교사로 8년을 지내고 9년 차에 접어들던 2014년, 캠퍼스의 일은 하는 것 없이 힘에 부쳤다. 나의 한계를 직시하며 몸과 함께 마음도 지쳐 가던 그때, 다른 캠퍼스에서 나와 같은 역할을 하던 동료가 스스로 생을 마감했다. 다양한 이유에서 내 심경이 복잡했다. 모든 일을 접기로 했다. 캠퍼스를 떠났고, 꼬박 2년 동안 나를 환대해 준 공간과 사람들을 떠났다.

광고에 혹한 시술

그동안 해왔던 일을 떠나 전업주부가 되어 집콕 생활을 시작했다. 예상보다 심각한 스트레스가 찾아왔다. 남편과는 가치관이 달라 오래전부터 자주 충돌해 왔다. 그러나 남편도 나도 각각의 영역에서 일하면서 떨어져 지내는 시간이 있으니 적절히 충돌을 피해 갈 수 있었다. 내가 일을 그만둔 그해, 남편 역시 완전 퇴직 상태를 시작했다. 30년 넘게 부부로 지냈으나 집 안에서 둘이 종일 지낸 게 처음이었다.

같이 있는 시간이 길다 보니 스트레스가 쌓여 가끔은 큰 소리를 내며 싸웠다. 며칠씩 말하지 않고 지내기도 했다. 그럴 때면, 가시 같은 게 몸을 찌르며 파고들었다. 다시는 그렇게 지내지 않기로 결단해야 할 만큼 힘들었다. 목이 갈수록 불편해졌다. 좋다는 베개를 수도 없이 사들였지만 헛수고였다. 만성적인 불면증에 시달리며 심신이 지쳐 갔다.

방송 매체와 신문 광고의 위력이 대단했다. 어리석은 환자[*]를 강력하게 유혹했다. 대학병원 재활의학과를 찾았다. 신경외과나 정형외과가 아닌 재활의학과를 찾은 건 TV의 영향이었다. 통증 치료에 관한 인터뷰 방송을 보게 되었는데, 인터뷰이가 그 대학병원 재활의학과 의사였다.

"어떻게 오셨지요?"

"허리 통증이 심하고요, 목과 등도 아픕니다. 맞는 베개가 없어 잠을 자기 힘들어요. 도수치료를 받았었는데 언젠가부터 팔꿈치와 무릎 감각이 둔하고 힘이 안 들어가는 것 같아요."

"특이사항은요?"

"가끔 어지럼증과 구토증세로 맥을 못 추는 일이 생깁니다."

"(전공의를 바라보며) 이건 중요한 일이야. 적어 둬."

"(내게 하는 말이 분명한데, 환자인 나의 얼굴은 보지도 않은 채) 목과 허리 MRI 촬영을 해보지요. 우선 목부터 촬영하시고, 예약하고 가시고요. 다음 진료 때 뵙지요."

그 흔한 X-Ray 촬영도 없이, 다른 진찰도 없이 바로 MRI를 촬영하고 오라고 했다. 의사의 태도에 신뢰가 가지 않았다. MRI 촬영을 예약하려고 하니 한 부위를 찍는 데 79만 원이었다. (두 부위라면 150만 원이 넘는다.) 놀란 나는 예약하지 않고 집으로 돌아왔다. 다시 그 의사를 찾을 생각이 없었다. '잘난 척 조희선, TV에 낚인 거군!' 나에게 실망했다.

수술 없이, 수술 아닌 시술로 통증이 나을 수 있다는 광고가 신문에 수없이 실린다. 하루 입원, 또는 입원조차 필요 없다고 선전한다.

"여보! 이것 좀 봐. 시술이라는 걸 받으면 하루 입원하면 되는데 간단하게 나을 수 있다네."

다닐 만한 병원이 없다며 투덜거리는 내게 남편이 신문을 보면서 말했다. 귀가 솔깃했다. 신문에 난 척추전문병원 전면 광고를 보는 순간, 광고인 줄 알면서도 믿을 만한 기사(기사일 경우도 광고와 크게 다르지 않다)로 인식되었다. 광화문의 신경외과에서 쓴맛을 보고도, TV에 나온 인터뷰이로 출현한 의사를 만나

실망을 하고서도, 매스컴의 위력에 또다시 무릎을 꿇는 순간이었다. 신문에 난 척추전문병원에 전화를 걸었다.

"MRI 비용이 얼마인가요?"

"49만 원인데 요즘 세~일 기간입니다. 40만 원에 찍으실 수 있습니다."

"혹시 입원해서 MRI를 찍을 수 있나요?"

입원하면 비용 전체가 지급되지만, 통원진료일 경우 10만 원까지만 지급되는 내 실비보험의 보장을 이용하려고 꾀를 낸 질문이었다.

"그렇게 되게 해드리겠습니다."

어리석은 환자는 만족스러웠다. 바로 다음 날, 남편과 그 병원을 찾았다. 진료실마다 '○○○ 원장실'이라고 적혀 있었다. 모든 의사가 원장인 것이다. 진료실 벽마다 모니터가 걸려 있었고, 각 모니터에서는 "만족스러워요. 전혀 아프지 않아요. 진작 시술받고 편하게 살 것을 이제야 했어요. ○○○ 원장님, 감사합니다"라는, 시술받은 환자들의 반복되는 감사 인사가 돌아갔다. 모니터를 보면서 나도 저들처럼 시술의 대상이기를 바라고 있었다.

진료실에 들어가 의사와 증상에 대해 이야기를 나눴고, 곧

MRI 촬영, 전신체온측정 등 몇몇 검사를 한 뒤 다시 의사 앞에 앉았다. (이곳에서만 전신체온측정을 했다. 그 외 어떤 병원에서도 이런 검사는 하지 않았다. 시술 후에도 같은 검사를 했고 검사결과지를 내밀며 체온의 변화를 보라며 수술 결과가 좋다고 했다. 후에 책을 읽다가 알게 된 사실은, 수술 후 체온 변화는 수술 결과를 보증하는 게 아니었다.)

"척추관협착증입니다. 퇴화로 인해 척추관이 좁아지면 신경이 압박을 받아 통증을 느끼게 돼요. 내시경 시술로 치료 가능합니다. 관을 넣어 좁아진 척추관을 넓혀 주는 겁니다. 몸에 무리가 가지 않고, 하루 입원 후 퇴원하시면 바로 정상 생활이 가능합니다."

의사의 한마디 한마디를 들으면서 내 생각도 따라 움직였다.

'척추관협착증! 말 되네. 바로 그거였구나. 그런데 다른 병원은 왜 이런 진단조차 해주지 않은 거지? 이 병원 믿을 수 있겠네! 내시경 시술? 나도 그걸로 치료 가능하다고? 하루 입원? 몸에 무리가 가지 않는다? 입원을 하루 하긴 하니까, 실비보험으로 전액 충당되겠네. 관이 지나가 통로를 넓혀 준다지만, 넓어진 통로가 계속 유지된다는 건 믿기지 않아.'

신뢰, 희망, 의심으로 뒤섞인 생각 속에서 '의심'은 큰 부분을 차지하고 있었다. 그러나 '몸에 무리가 가지 않는다'라는 병원 측의 주장이 내가 품었던 의심을 별것 아닌 것으로 만들었다.

"목 부분과 허리 부분 각각 1.5센티 절개하고, 그리로 관을 넣어 좁아진 부분을 넓히는 거죠."

"비용은요?"

"의료보험 적용이 안 됩니다. 목과 척추 두 곳 하시면 543만 원인데, 540만 원에 해드립니다."

'540만 원'이라는 말을 듣고 어안이 벙벙했다. 이렇게 큰 비용을 실비보험이 책임질까?' 하는 걱정과 마주하는 그때, "실비보험을 갖고 계시면 환자가 부담하는 비용은 없습니다" 하는 병원 코디의 말이 들려왔다.

'그렇게 비싼 치료를 공짜로?'

'실비보험이 지원?'

어느새 나와 남편은 눈을 맞추며, 시술을 받겠다고 말하고 있었다. 그러고는 바로 입원해 환자복을 입고 시술을 기다렸다. 링거를 팔에 꽂고 항생제 주사액을 넣기 시작하자 속이 울렁거렸다. 무통주사 부작용이 삼십 대에 탈장 수술을 받으면서 시작되었다면, 이번 시술에서는 항생제 부작용이 시작되었다.

시술대에 엎드린 채 마음의 준비를 하고 있는데 의사가 들어왔다. 엎드려 있어서 시술하는 의사의 얼굴을 볼 수 없었다. 그런데 의사의 목소리가 진료한 원장과 달랐다. 잠깐 얼굴을 돌려, 진료실에서 만난 그 의사가 아니라는 사실을 확인했다. 바보같이 아무 말도 하지 않고 '수술의와 진료의가 다른 건가?' 하는 사이 시술이 시작되었다.

"잠깐 따끔합니다. 15분씩 30분이면 끝납니다."

목은 5분도 걸리지 않아 끝난 것 같았다. 허리 시술을 시작하는데, 고문과 같은 통증이 시작되었다.

"너무 아파요. 뭔가 잘못된 것 같아요."

"사람마다 개인차가 있어서 그렇습니다."

내가 아프다고 하는 바람에 의사가 시술을 제대로 하지 않고 빨리 끝내 버리면 낭패라는 생각이 들었다. 온갖 고문을 받으며 오늘날 우리에게 지금만큼의 자유를 물려준 분들을 떠올리며 연대해 보겠다고 이를 악물고 참았다. 고문을 받고 옥고를 치르며 죽음에 이른 그분들과의 연대라니. 강아지들도 웃겠다 싶게 일 분쯤 지나자 고문과 같은 통증이 민망할 만큼 사라졌다. 그리고 시술이 끝났다. 10분도 채 안 된 듯했다.

'마취가 잘못되었나? 통증 때문에 중간에 시술을 그만둔 건 아닐까?' 하는 의심이 가득했지만, 확인할 도리는 없었다. 입원실로 돌아와 통증 없는 하룻밤을 지내고 퇴원했다. 퇴원하면서 생활 가운데 해도 되는 것과 해서는 안 되는 범위를 간호사에게 물었다. 의사는 진료 이후 만나지 못했다. (이 글을 쓰는 지금, 내가 얼마나 바보 같았는지 부끄러울 뿐이다.)

"그냥 다 하시면 됩니다."

"책상에 앉아 컴퓨터를 해도 돼요?"

"그럼요."

퇴원하면서 비용을 계산하는데 무려 5,959,000원이었다. 두 곳, 15분 시술, 하루 입원에 대한 비용이 그랬다. 불필요한 체온측정 검사 등이 비용을 높인 것 같다. 보험사에 병원비를 청구했다. 내 통장으로 전액 입금해 주었다. 보험청구 기록에는 내가 들은 '척추관협착증'이 아닌, '추간판탈출증'이라 적혀 있었다.

나는 이러한 정보를 몸이 실컷 고생하고 흔히 말하는 시술을 거쳐 수술을 하고도 한참이 지나서야 알게 되었다. 내 몸에 칼을 대는 일인데도 이토록 어리석은 짓을 하고 있었던 것이다.

어리석은 환자를 일깨워 준 어환 박사님의 어록
척추 질환은 첫 수술이 가장 중요하다. 완치할 수 있는 기회는 첫 수술 한 번뿐이다. 아무리 작은 수술이라도 수술은 후유증과 합병증이 발생할 수 있다. 수술을 결정하기 전에는 자연치유를 위한 생활 습관을 갖도록 노력해야 하며, 세심하게 잘 따져 보고 신중하게 결정해서 수술을 해야 한다. 시술도 수술이다. 외래 진료를 위해 내원한 환자 중에 수백만 원의 비보험 시술을 이미 받았으나 증상 호전이 없어 내원하는 경우가 종종 있다. 특히 일부 병원에서는 의료실비보험 가입 환자들에게 일부러 고가의 비급여 시술을 권하는 경우가 많다. 의료실비보험에 가입한 환자는 본인이 지불하는 치료비가 없으므로 고가의 비급여 시술을 너무 쉽게 받는 경우가 많다.

시술이 수술이 아니라고 믿어서는 안 된다. 시술도 수술 행위이며 수술 후 발생할 수 있는 합병증, 후유증이 모두 일어날 수 있다. 시술이라는 용어는 학문적으로 통용되는 용어가 아니라 일반적인 용어다. 분명한 것은, 현재 시행되고 있는 대부분의 척추 관련 시술은 모두 수술의 한 종류이며, 보존적 치료가 아니다.

2005년 10월 의료 광고가 허용되면서 처음에는 일부 병원들만 앞다투어 경피적 수술법을 수술이라고 불렀다. 그러다가 수술에 대한 환자들의 거부반응이 커지자, 많은 병원이 동일한 수술을 슬그머니 수술이 아니고 '시술'이라고 광고하면서 시술과 수술이 분별없이 혼용되어 사용되기 시작했다. 시술이라는 용어는 무분별한 척추 수술 후 발생되는 합병증 또는 후유증 등을 두려워하는 환자를 유인하기 위한 의료 광고 용어이며, 비수술적 시술이라는 말도 모순된 의료 광고 카피일 뿐이다. 시술도 수술이므로 이를 시행받을 때 각별히 주의하여야 한다.

과잉 의료는 2005년 10월 의료 광고가 허용되면서 심각해졌다고 판단된다. 광고나 홍보는 독자의 지식수준과 비슷한 상태에서는 문제가 없다. 그러나 전문 분야에 대한 광고를 일반인이 얼마나 이해할 수 있을지 의구심이 든다. 최신, 첨단, 레이저, 고주파, 내시경 비수술, 당일 퇴원 등과 같이 눈길을 사로잡는 단어 중심으로 환자는 판단하게 된다. 신문에 하루가 멀다 하고 나오는 광고, TV 등에 나오는 광고들이 과잉 의료가 아닌지 비판적으로 살펴보고 지식이 부족하면 믿을 수 있는 전문가에게 자문을 구하는 것이 피해를 예방하는 길이다. - 어환, 《허리디스크 수술 없이 낫기)(김영사), 174-181쪽 참고.

우리나라 건강 보험제도는 선진국에서도 부러워할 정도다. 국민건강
보험으로 인정되는 치료법은 마치 저급한 치료법이고 국민건강보험에
해당 안 되는 치료법이 최신의 고급치료법이라고 오해하는 이들이 있
으나 오히려 그 반대다. 대부분 의학적으로 검증된 치료법만이 국민건
강보험에서 인정받고 있으며, 국민건강보험으로 인정된 치료법은 대
부분 신뢰할 수 있는 치료법들이다. 국민건강보험으로 인정받지 못한
치료법은 의학적으로 검증이 부족한 치료법이다. 그러므로 국민건강
보험이 적용되지 않는 치료법은 의학적으로 효과가 입증되었는지 잘
확인하고 치료받아야 한다. - 위의 책, 313쪽 참고.

장기간에 걸쳐 발생된 질병을 단 5분 10분 만에 치료할 수 있는 치료법
은 없다. 있다면 진통제 등으로 일시적으로 증상 완화를 시키는 것이
지 근본적으로 치료하는 수단은 없다. 아무리 수술 결과가 좋다고 확신
해도 의료 광고에서 수술 후 증상이 완전히 없어진다고 광고할 수는 없
다. 혹시 증상이 좋아지지 않으면 허위광고가 되기 때문이다. 그러므로
수술 후 증상이 좋아져 당일 퇴원하는 것처럼 이해되게끔 간접적으로
수술 당일 퇴원이 가능하다고 광고하는 것이고, 수술 후 증상이 없어
진다고 직접적으로 광고하지 못하는 것이다. 증상이 좋아지지 않고 증
상이 남아 있어도 수술 당일 퇴원이 가능하니, 허위광고가 되지 않기
때문이다. 입원이 필요 없는 수술 당일 퇴원이 가능한 수술이라는 의료
광고를 접해도 현혹되지 말고, 오히려 스스로 안정될 때까지 며칠이라
도 입원을 요구하는 것이 좋다. 입원도 하지 않고 단 몇 분 만에 치료하
면서 수백만 원을 호가하는 수술은 병원 수입을 좋게 할지 모르지만,
환자의 건강과 안전 및 금전적인 면에서는 좋은 것이 아니다. - 위의 책,
296-297쪽 참고.

완전한 벼랑에 서다, 실비보험의 명암이었다

시술 후 통증 없는 몇 날이 지나고 다시 통증이 시작되었다. 괜찮아지겠지… 참고참는 동안 증상은 말로 표현할 수 없을 만큼 악화했다. 척추전문병원에 전화를 걸어 진료 예약을 청했다.

"담당자가 ○○○ 원장님이셨지요? 병원을 그만두셨어요. 다른 원장님 앞으로 예약해 드릴까요?"

직원의 말에 '이게 말이 돼? 수술도 다른 사람을 시키더니 이제는 병원을 그만뒀다고?' 하며 생각 속에서 화를 내보았지만 별수 없었다. 병원을 그만두는 게 범법행위는 아니니까.

그 병원 대표원장에게 진료를 받으면서 내 상태와 그동안 지울 수 없었던 의심들을 말했다.

"시술 후 며칠이 지났을 때부터 통증이 시작됐습니다. 두 달이 가까워지는데 점점 더 심해집니다. 시술받을 때 견디기 어려운 통증이 있었습니다. 마취에 문제가 있었던 건 아닐까요? 혹시 시술할 때 제가 아프다고 해서 시술을 제대로 끝내지 못한 건 아닐까요? 뭔가 의심스럽습니다. 마취 전문의가 아닌, 시술하는 분이 마취했으며, 게다가 저를 진료한 분과 시술한 분이 달랐습니다."

시술받기 전에 '시술은 누가 합니까? 마취는 마취 전문의가 하는 겁니까? 시술 후 무엇을 어떻게 어느 정도의 기간 동안 조심해야 합니까?' 등 뭐든 꼼꼼하게 묻고 확인했어야 했다. 나는 병원과 의사에게 무조건 맡기고 아무것도 묻지 않다가 사달이 난 다음에야 뒤늦은 질문을 쏟아냈다.

"치과에 가면 마취 전문의가 아닌 치과 의사가 마취하듯, 시술을 위한 마취 역시 시술하는 의사가 해도 전혀 문제가 없습니다. 일단은 근육 강화 주사를 맞아 보시지요."

기분이 그런 건지, 근육 강화 주사를 맞으니 조금 괜찮아지는 것 같았다. 95,200원이었다. 이 역시 실비보험으로 처리할 수 있었다. 실비보험 덕분에 환자가 경제적 부담 없이 다양한 치료를 받아들인다는 걸 병원도 알고 있을 터였다. 다음 주, 근육 강화 주사를 또 맞았다. 별로 나아지지 않아 다시 의사를 찾자, 의사는 시술을 다시 해주겠다고 제안했다.

"제가 다시 시술해 드릴 수 있습니다. 이번엔 비용을 받지 않겠습니다."

시술받을 때의 '통증'이 섬뜩 떠올랐고, 내 안에 시술에 대한 불신이 이미 자리 잡은 터였다. 더는 병원에 가지 않기로 했다.

그리고 곧 죽음으로 몰고 갈 수도 있는 '전신' 통증에 시달리기 시작했다. 그때까지는 없었던 새로운 감각도 찾아왔다. 허리 부분 척추가 불안정하게 느껴졌다. 척추 연결에 문제가 있다는 걸 느끼면서 두려워졌다. 책상은커녕 어디에도 앉을 수 없었고 누워도 아팠다. 뭐라 설명할 길 없는 전신 통증이 24시간 계속되었다. 통증은 부드러운 곳에서 나를 더 맹렬히 공격했다. 부드러운 침대가 아닌 차디차고 딱딱한 방바닥에 눕는 것만 겨우 가능했다. 당연히 잠을 잘 수 없었다. 극도로 피곤하고 지쳐 갔다.

행여 어디를 가려고 나서면 의자에 앉는 게 고역이었다. 의자의 특성에 매우 민감해졌는데, 버스마다 의자가 달랐고, 의자 모양에 따라 통증이 달랐다. 어떤 의자는 앉자마자 몸이 앞으로 미끄러지는 것 같았다. 버스보다 전철 의자가 편했고, 2호선과 4호선의 의자가 달랐다. 같은 노선이라도 구형과 신형 전철 의자가 달랐다. 버스건 전철이건 앉기보다 서기가 더 나았다. 도무지 방법이 없었다.

허리 아픈 데는 자전거가 좋다는 말을 들었다. 타는 건 고사하고 자전거 핸들을 붙잡았을 뿐인데, 자전거의 힘에 밀려 넘어지려 했다. 24시간 이어지는 불면과 통증은 그 끝이 보이지 않았다. 가족이라 해도 내가 겪는 통증을 이해할 리 없었다. 본인이 경험하지 않은 걸 알 수 있는 사람이란 없다. 말할 기운조차 없어 차가운 방바닥에 누워 완전히 고립된 채로 지냈다. 그런 나를 바라보고 할 말을 잃은 가족들은 또 얼마나 힘들었으랴. 차라리 집 안에 아무도 없으면 싶었다. 병원에도 질려 있었다. 무성의하고 무책임한 의사들, 실비보험을 최대한 이용해 돈을 벌려는 병원, 무분별하게 아무에게나 내 몸을 맡겼던 어리석은 나 자신에게 실망했다. 나는 절망의 끝에 서 있었다.

전쟁 통에 피란 생활을 해온 엄마의 젖이 모자라는 형편에도 토실토실 살이 찐 나를 우량아대회에 내보내려다가 설사를 시작하는 바람에 포기했다고 들었다. 그때부터였는지 이후 건강했다는 말은 들어보지 못했다. 초등학교 시절부터 변비로, 편도선염으로, 축농증과 비후성비염과 온도 알레르기로 고생한 기억이 생생하다. 청소년이 되자 또 다른 괴로움이 찾아왔다. 혈압이 낮아서인지 어지럼증과 울렁거림이 심했고, 손과 발이 차고, 소화가 안 되어 소화제를 달고 살았다. "너는 보약을 먹여도 재미가 없어" 하고 투덜거리면서도 엄마가 나에게 늘 뭔가 좋은 걸 먹이려고 한 이유다.

잠시 사라졌던 어지럼증이 나이 마흔이 넘어 다시 찾아오며 119와 응급실 신세를 지기 시작했고, 그때부터는 엄마 아닌 남편의, "당신은 도대체 왜 그런 거야"라는 불평을 들어야 했다.

수술 경력도 화려하다. 출산을 위해 두 번의 제왕절개 수술의 힘을 빌렸고, 척추 수술 이전까지 탈장, 치질 2회, 자궁적출 등의 수술을 받았다. 그래도 살아가는 데는 별문제가 되지 않았다. 회복에 유난히 긴 시간이 걸리는 체질이었지만 결국은 회복이 되었다. 게다가 키가 커 늘 교실 맨 뒤에 앉은 터라 스스로 아프다고, 약하다고 생각하지 않았다. 그런데 '순간의 선택', 단 '15분간의 시술'이 나를 벼랑 끝에 세웠다.

시술하고 얼마 후, 같은 교회에 출석했던 교우 한 분이 허리 시술을 한 후 죽을 듯한 통증에 시달리다가 보름 만에 돌아가셨다는 소식을 들었다. 항암치료가 끝나가면서 건강에 자신감이 붙은 터에, '시술은 간단하고 몸에 무리도 없다'는 그 말에 겁 없이 덜컥 시술을 받았다가 변을 당한 것이다. 통증은 몸을 무력하게 하면서 모든 기능과 면역력을 극도로 떨어뜨린다.

"그동안 말도 안 되는 비싼 시술비에 부담스러우셨지요? 시술, 70만 원이면 가능합니다."

나를 진료했던 의사, 수술을 다른 사람에게 맡겼던 그 의사가 자기가 있던 병원 환자의 정보를 빼내어 광고성 편지를 집으로 보내왔다. 나는 할 말을 잃었다.

시술이 꼭 필요한 분이 있을 테고, 좋은 의사가 시술을 성공적으로 해준 덕분에 고통 없이 살아가는 분도 있을 것이다. 내 주변에도 척추 시술을 하고 잘 지내는 분들이 있다. 그분들은 두 시간에 걸쳐 시술을 받고 허리가 편해졌다고, 시술받길 잘했다고 한다. 좋은 병원, 좋은 의사도 많다. 그러나 무책임한 의사·병원, 엉터리 시술도 있다. 그러니 신문 광고 하나만 믿고 내 몸을 전적으로 맡긴 나처럼, 어리석지는 않아야 한다.

나는 실비보험의 밝은 면에 유혹되어 어려운 시간을 보냈고 지금까지 그 영향 아래 있다. 실비보험의 밝은 면만 보아서는 안 된다. 그 명암을 분명하게 알고, 신중하게 생각하고 치료를 결정해야 한다. 자신의 병에 대한 정확한 진단과 병원, 의사, 치료 방법 등을 잘 알고 선택해야 한다.

반복되는 재발에도 희망을 잃지 않았다

끝나지 않는 통증을 갖고 사느니 차라리 시한부 인생이 나을 것 같았다. 그렇게 석 달이 지났다.

"엄마. 우리 동네 정형외과에 와봐. 내가 가봤는데, 정말 치료를 잘해 주는 것 같아."

큰딸의 전화를 받고 마지막 지푸라기를 잡는 심정으로 사당동의 한 정형외과를 찾았다. 오래전 지어진 허름한 빌딩 2층. 좁은 병원은 발 디딜 틈 없이 사람들로 가득했다. 한 시간 반 넘게 기다려 치료를 받았다. 물리치료만 했는데도 10년 넘게 받아 온 물리치료와 달리 매우 만족스러웠다. 따끈하게 데워진 안마 침대, 건조하고 뻣뻣한 찜질팩이 아닌 끓는 물에서 꺼내 수건으로 감싼 습한 기운의 찜질팩이 긴장을 풀어 주며 통증을 잊게 했다.

찜질팩의 효과가 좋아서였는지, 그 뒤에 이어지는 전기치료 역시 그동안의 경험과 달리 은근하고 깊게 근육을 건드려 주는 것 같았다. 처음으로 받은 체외충격파 치료는 특별한 경험이었다. 뻐근한 통증이 있었다. 근육 상태가 좋지 않은 곳을 치료할 때는 통증의 강도가 셌고, 또 어떤 곳은 통증이 없었다. 강약 조절이 가능해 환자가 견딜 만한 세기로 치료를 받을 수 있었다. 체외충격파 치료기는 그 종류가 다양하고, 종류에 따라 치료비가 다르다. 병원마다 각기 다른 체외충격파 치료기를 비치하고 있다. 병변이 피부 가까이 있는 경우에 사용하는 방사형과 병변이 피부 깊숙한 곳일 경우에 사용하는 집중형(혹은 초점형)이 있고, 같은 집중형에도 종류와 브랜드가 여럿이다. 집중형 충격파의 경우 같은 시간 내에 발생하는 충격파 타수에 따라 치료 시간이 5분인 것과 10-15분인 것으로 나뉜다.

내가 받은 체외충격파는 집중형 충격파로 동일 시간 내 타수가 적은 것이다. 10-15분. 어깨와 허리 두 부위로 나눠 2회 약 25분 이상 치료받을 수 있었다. 5분 정도 해주는 충격파보다 치료비가 비교적 저렴하여 치료비 전부를 실비보험으로 감당할 수 있었다. 효과도 타수가 많은 것보다 적은 것이 더 좋았다.

그럼에도 치료 효과가 바로 나타나지는 않았다. 환자가 많아 기다리는 시간이 길어 그로 인해 효과가 반감되는 것 아닌가 염려스러웠고, 오가는 동안 견뎌야 하는 통증과 저림이 치료 효과를 감소시키지는 않을까 걱정했다. 그러나 적어도 치료 시간만큼이라도 통증을 잊을 수 있어 좋았다. 할 수 있는 게 전혀 없어 지루하던 차에 하루가 빨리 지나가는 것도 감사했다. 토요일과 일요일을 빼고 매일 그 병원에 갔다.

한창 더운 8월에 치료를 시작했는데, 10월이 되자 운전할 때 느끼던 통증과 저림이 확연히 줄고 있었다. 체외충격파 치료 중에 느끼는 강력한 통증도 약해졌다. 차를 놔두고 전철을 타고 다니기 시작했다. 치료를 받고 사라진 듯한 통증이 돌아가는 길에 다시 생기기를 반복했지만, 그 증상도 점점 줄었다. 치료 3개월을 넘겨 11월이 되면서 주 4-5회에서 2-3회로 치료 횟수를 줄였다.

살 만해졌고 희망이 생겼다. 눌러놓았던 욕구도 고개를 들었다. 어떤 일이든 하고 싶었다. 11월 초, 지인이 아르바이트를 구한다고 올린 광고를 SNS에서 읽게 되었다. 편지를 접어 봉투에 넣고 주소를 붙이는 일이었다. '통증이 재발하지 않을까요?' 하는 지인의 염려를 부정하고 아르바이트를 하고 왔다. 멋진 점심을 얻어먹고, 감사 인사에 지폐가 들어 있는 봉투까지 거머쥔 채. 하지만 통증이 찾아와 바로 다음 날 다시 병원을 찾았다. 일주일 정도 만에 증상이 호전되었다. 이로써 아파도 회복된다는 기대가 생겼다.

11월 중순 다시 아르바이트 요청이 들어왔다. 2박 3일간의 포럼에 참석해 내용을 정리하고 책자를 만들어 내는 일이었다. 유혹을 느낄 만큼 매력적이었다. 재발을 염려해야 하는 일이었지만, 아프면 또 병원에 가서 치료하면 되겠지 생각했다. 시간이 많이 드는 녹취록 풀기는 지인에게 맡기기로 했다.

아침 일찍 포럼 장소로 출발했다. 수면제가 똑 떨어졌지만, 약을 타러 병원에 가지 못했다. 포럼은 아침 9시에 시작해 식사 시간과 짧은 휴식 시간을 빼고 늦은 밤까지 계속되었다. 스트레칭을 하며 견뎠다. 고문의 시간이었다. 수면제를 챙기지 못해 이틀 밤을 꼴딱 새웠다. 심각하게 아팠다. 지인이 녹취를 풀 동안 나는 병원에 다니기로 했다. 다행스럽게도 녹취 분량이 많아 한 달 이상 병원에 다닐 수 있었다. 하지만 회복의 기미가 보이지 않았다.

한 달이 지나 지인이 푼 녹취록이 도착했고 회복되지 않은 상태에서 일을 시작했다. 읽고 주제를 파악하고 키워드를 찾아내고 구도를 정하고 삭제하고 옮겨 붙이고 편집인의 글까지 만들어 내는 일이 몸에 버거웠다. 해를 넘겨 겨우 일을 끝낸 후에도 통증이 사라지지 않았다. 그래도 한 번 경험한 회복은 희망을 바라보게 했고, 그 한 가닥에 지나지 않는 희망에는 '결국은 또 회복되리라'는 기대를 잃지 않게 하는 힘이 있었다.

체력단련 여행과 119

　다시 증상이 호전되는 듯했다. 환갑을 맞는 남편을 위해 아이들이 코타키나발루 여행을 예약해 줬다. 남편의 즐거움과 아이들의 보람을 훼손하고 싶지 않았다. 내가 버틸 수 있을지, 속으로는 걱정이었다. 5시간 가까운 비행시간이 제일 큰 걱정이었다.

　"당신은 체력을 단련해야 갈 수 있을 거야. 강릉에 온천실버타운이라고 있는데, 그곳 사우나가 온천물이라네. 근처에는 바닷물 수영장도 있대. 쉬엄쉬엄 움직여 보고 수영장에 가서 수영도 하면 몸에 도움이 되지 않을까? 가자! 실버타운 안에 식당이 있어서 끼니도 해결할 수 있대."

　남편도 내가 코타키나발루 여행을 감당할 수 있을지 걱정하고 있었던 것이다.

　지속적인 통증, 바닥에 이른 체력, 동해까지 걸리는 두 시간 남짓의 이동 시간. 모든 게 부담스러웠지만, 그래서 단련이 더 필요할 듯했다. 2박 3일의 강릉 체력단련 여행은 그렇게 시작되었다. 이동하는 시간은 힘들었다. 그러나 실버타운에 도착하니 공기도 좋고 경치도 좋고 전망도 좋고 사우나도 좋았다. 물론 식사도 좋았다. 내가 좋아하는 온갖 나물을 얼마든지 담아 비벼 먹을 수 있었다.

문제는 잠자리였다. 온돌이었고 매트를 깔아도 등이 배겼다. 약을 먹어도 잠들 수 없었다. 이튿날 아침 식사 후, 바닷물 수영장에도 갔다 왔다. 잠은 자지 못했어도 모처럼 꽤 많은 것을 해냈다는 생각으로 스스로 위로했다. 역시 밤이 힘들었다. 잤는지 안 잤는지 모를 밤을 힘겹게 보냈다. 아침이 되자 어지럼증과 구토가 시작되었다. 사방이 빙빙 돌아 몸을 가눌 수 없었다. 스트레스를 받거나 몸이 힘들어질 때 가끔 찾아오는 증상인데 이틀 연속된 불면이 원인인 듯했다. 남편은 허둥대며 119를 불렀다.

초기에는 119를 부른다는 생각을 하지 못해 승용차로 응급실에 가곤 했지만, 같은 증상이 거듭 찾아오면서 119를 부르게 되었다. "○○병원으로 오십시오"라는 말을 남편에게 남기고 119 구급대원은 출발했고, 남편은 돌아올 때를 생각해 자신의 차를 운전해 병원으로 쫓아왔다. 응급실에 도착해 CT를 촬영하고 링거를 맞았다.

시간이 지나 증상이 가라앉고 약을 탄 뒤에야 나를 태워다

준 구급대원 생각이 났다. 역시나 이번에도 그들은 어디에도 없었다. 고맙다는 인사를 전할 틈도 없이, 그분들은 환자를 병원에 내려주곤 금세 사라진다. 119 구급대원! 생각만 해도 감사한 분들이다. 그분들의 처우가 개선되기를 바라는 이유다.

숙소로 돌아와 잠시 쉬고 집으로 출발했다. 2박 3일 여행에서 마지막 날은 이렇게 병원 응급실 투어로 끝을 냈다. 병원에서 받은 약을 먹으니 잠이 솔솔 왔다. 집으로 돌아오는 차 안에서부터, 집에 돌아온 후로도 3일 내내 그 약을 먹고 잠을 잘 잤다. 이런 경험은 복용량을 늘려서라도 더 강력한 효과를 보고 싶은 유혹에 노출시킨다. 약물 중독이 이런 거겠구나 싶었다.

며칠 후 3박 5일의 환갑여행이 시작되었다. 처방받은 졸피뎀과 아졸락을 충분히 챙겼다. 내 상태를 설명하니 옆자리가 비어 있는 좌석을 배정해 주었다. 담요를 깔아 의자 둘을 편평하게 한 뒤 그 위에 누운 채 다리를 남편에게 얹었다. 그래도 비행시간은 힘들었다. 밤에 출발해 새벽에 도착하는 3박 5일의 여행은 몸에 충분히 무리였다.

시내 투어는 물론이고 가볼 만하다고 하는 어떤 곳에도 가지 않기로 했다. 갈 때부터 내 몸을 고려해 호텔과 해변, 근처의

섬만 가기로 작정했다. 시내와 멀리 떨어진 바닷가에 자리 잡은 호텔에는 노부부가 눈에 많이 띄었다. 그들은 수영장 비치파라솔 아래에 놓인 선베드에 누워 책을 읽는 데 시간 대부분을 보내고 있었다. 인상적인 광경이었다. 말수는 적고 미소는 온화한 그들을 보노라니 "젊음은 인생의 한 시기가 아니요 마음의 상태다"라는 사무엘 엘먼의 시 〈젊음〉이 떠올랐다.

젊음은 나이가 아니라 마음이다.

장밋빛 두 뺨, 앵두 같은 입술, 탄력 있는 두 다리가 곧 젊음은 아니다.

강인한 의지, 시들지 않는 열정이 곧 젊음이다.

젊음이란 깊고깊은 인생의 샘물 속에 간직된 신선미 바로 그 자체다.

젊음은 눈치 빠르게 행동하는 것이 아니라 어려움을 뚫고 나가는 기백이다.

젊음은 무임승차가 아니라 개척하는 힘이다.

젊음은 20대 소년에게만 있는 게 아니라 60대 장년에게도 있다.

인생은 나이로 늙는 게 아니라 이상의 결핍으로 늙는다.

세월은 피부에 주름을 보태지만, 열정을 잃으면 영혼에 주름이 진다.

마음을 늙게 하고 정신을 매장시키는 것은 고뇌와 공포와 자포자기다.

경이에 대한 찬미, 미래에 대한 끝없는 호기심, 그리고 삶에 대한 환희는

16세의 가슴에나 60세의 가슴에나 똑같이 깃들어 있다.

그대의 가슴에도 또 나의 가슴에도 무선전화국이 내장돼 있다.

사람들로부터, 그리고 영원의 세계로부터 아름다움과 희망, 격려와 용기,
그리고 솟구치는 힘에 대한 메시지를 받아들이고 있는 한 당신은 젊은이다.
그 안테나를 내리고 당신의 정신을 냉소와 비관의 얼음관 속에 묻어 버리
면 당신은 20세 늙은이다.
그 안테나를 올리고 낙관의 전파를 받아들이면 당신은 80세 젊은이로
이 세상을 하직하게 될 것이다.

말레이시아의 끝이 보이지 않는 긴 해변, 거기에는 쓰레기
한 점 위락시설 하나 없었다. 오직 바다가 내는 소리만 있었다.
오염되지 않은 바다, 한적함, 태양을 기억에 담을 수 있었다. 바
닷속으로 들어가 헤엄을 치며 처음으로 어항 아닌 바다 안의
열대어들을 볼 수 있었다.

여행 후 피부과와 사당동 정형외과를 다시 드나들었다. 오
염되지 않은 태양은 햇볕 알레르기를 일으키지 않을 것이라는
말도 안 되는 착각과 바다에서 한 평영이 문제였다. 평영이 허리
에 좋지 않다는 사실을 이때 처음 알게 되었다. 여행 중에도 여
행 후에도 나는 아팠지만, 그곳에서 만난 아름다움은 지금까지
기억에 남아 있다. 아프다고 포기했더라면 나는 그 아름다움을
만나지 못했으리라.

생소한 진단을 받았다, 척추전방전위증

통증이 극대화되던 어느 날, 동네에 정형외과가 개원했다. '혹시 좋은 병원일까?' 하는 마음으로 그 정형외과를 찾았다. 열두 장의 X-ray를 찍었다. 의사가 경추부터 시작해 흉추, 요추, 천추, 미추까지 찍혀진 사진을 보여 주며 설명을 했다. MRI 자료 없이 X-ray만으로 내 통증의 원인과 증상을 알려줬다. '목이 아프겠지만 목의 곡선은 그리 나쁜 편이 아니다. 4번 요추가 앞으로 나가 5번 요추 가운데 얹혀 있는 게 문제. 뼈끼리 부딪히는 데서 오는 통증이 심한 것이다. 상태를 봐서는 결국 수술로 이어질 것이다. 그러나 운동과 치료로 통증을 줄이며 버틸 만큼 버티는 게 좋다'는 게 의사의 견해였다. 그분의 정확한 진단과 친절한 설명에 지금도 감사하고 있다.

큰오빠가 용하다는 수원의 척추전문병원 한 곳을 추천하며 가보라고 권했다. 이미 찍어 놓은 X-Ray 사진을 들고 그곳을 찾았다. 판독료가 50,000원이었다. 절차가 간단해지긴 했으나 비용은 손해였다. 차라리 X-Ray 촬영을 했다면 50,000원보다는 적게 나왔을 것이다. 진단은 동네 정형외과와 같았으나 치료에 대한 견해는 달랐다. 이미 심각하다, 수술 외에 답이 없다, 당장 수술해야 한다고 했다.

여러 곳에서 진단받을 필요가 있다고 여겨 집으로 오는 길에 이전에 진료했던 그 대학병원에 전화 예약을 했다. 집에서 가까운 그 병원을 가장 후순위에 놓은 이유는 이전에 경험한 신경과와 재활의학과 진료 경험이 좋지 않아서였다. 그러나 오빠가 소개한 수원의 병원은 너무 멀었고 신중하지 못한 의사의 태도도 마음에 걸렸다.

대학병원에서도 이미 갖고 있던 X-Ray 사진을 등록받았다. 그러나 판독료는 받지 않았다. 의사는 가져간 X-Ray 사진을 보고 내 허리 부분을 탁탁 쳤다. 허리를 앞으로 굽혀 보라고도 했다. "사진을 보면 수술 단계인데, 진찰로는 아직 수술하지 않아도 되겠습니다. 일단 약을 써보지요"라는 애매한 진단을 했다. 오팔몬을 처방하고는 한 달 후에 다시 내원하라고 했다. 한 달 동안 오팔몬을 복용하고 내원했지만 효과가 없었다. 일단 오팔몬은 끊기로 하고 6개월 뒤로 다시 진료 예약을 했다.

(동네 정형외과 의사) "상태를 봐서는 결국 수술로 이어질 것 같지만, 운동과 치료로 통증을 줄이며 버티실 만큼 버티시는 게 좋을 듯합니다."

(수원 병원 의사) "이것 보십시오. 이미 심각합니다. 수술 외에는 답이 없습니다. 당장 수술하셔야 합니다."

(대학병원 의사) "사진을 보면 수술 단계인데, 진찰로는 아직 수술하지 않아도 되겠습니다. 일단 약을 먹어 보시지요."

같은 X-Ray를 보고도 의사마다 진단이 달랐다. 수술을 고려해야 하나 수술을 결정할 수는 없었다. 나는 어떤 결정을 내려야 할지 몰라 쩔쩔맸다. 수술 후 예후가 그 이유였다.

(동네 정형외과 의사) "수술 후 10명 중 한두 명은 날아갈 듯 완전하며, 7-8명은 수술 전보다 좋아지는 정도이고, 1-2명은 호전되지 않거나 심지어 악화하기도 합니다."

(수원 병원 의사) "백이면 백 다 좋은 결과가 나옵니다."

(대학병원 의사) "7-8명은 좋아지지만 1-2명은 호전되지 않습니다."

같은 말 같지만 달리 들렸다. 개인병원 의사가 만나는 환자와 대학병원 의사가 만나는 환자가 다르고, 같은 환자를 만난다 해도 만나는 빈도가 다른 데서 오는 차이일 것이다. 통증을 측정하는 지수도 환자의 주관적 판단이라 명확할 수가 없다.

근육통(근육 염증), 섬유근육통, 척추관협착증, 추간판탈출증, 척추전방전위증. 내가 의사로부터 들었거나, 실비보험 청구서에 명시된 진단명들이다. 그중에서도 '척추전방전위증' 진단은 너무나도 분명했다. MRI 자료 없이 X-ray만으로도 분명한 병명을 왜 그렇게 몰랐을까. 언제부터 척추전방전위증이 되었을까.

나를 돌이킬 수 없는 나락으로 몰고 간 척추전문병원에서 MRI 영상자료를 내 눈으로 보았지만, 자세히 들여다보지 않았다. 설명해 주는 코디를 믿으며 설명을 들었다. 내 몸에 대한 나의 무책임이었다. '시술하는 동안 어떤 문제가 있었을까. 마취하고도 느껴졌던 통증이, 그렇게 빨리 시술이 끝난 이유가 혹시 시술하기에 어려운 점이 있었기 때문은 아닐까.' 의심스럽지만 다 지나간, 물릴 수 없는 일이었다.

병원에 갈 때 환자도 자신의 증상에 대해, 다양한 병증에 대해, 다양한 치료 방법에 대해 어느 정도 알고 가야 한다. 이 글을 쓰기 위해 전문가들의 책을 읽고 책에 담긴 사진들을 유심히 살펴봄으로써 비로소 MRI 사진을 어느 정도 볼 수 있게 되었다. 혹시 MRI를 찍게 된다면, 의사의 설명을 들으면서 모르면 물어 가며 환자 자신도 MRI 사진을 볼 수 있어야 한다. 시술(시술도 수술이다)뿐 아니라 그 외의 다양한 치료를 받기 전에, 환자도 자신의 병증을 알고 있어야 한다. 오죽하면 《허리병원 알고 갑시다》라는 책도 있을까.

"삶의 질이 떨어지면 수술해야지요"

통증을 견딜 수 없어 이번에는 한의원을 찾았다. 집에서 비교적 가까웠고 소문난 곳이었다. X-Ray를 찍었고, '척추분리증'이 있어서 추나 치료는 할 수 없다는 설명이 있었다. 시한폭탄을 갖고 사는 것이니, 조심스럽게 통증을 다스리며 살아야 한다는 말을 덧붙였다.

'척추분리증'은 생소한 진단이었지만 "척추분리증이 척추전방전위증을 말씀하시는 건가요?" 하고 묻지 않았다. 척추전방전위증을 척추분리증이라고도 부른다고 생각했다. 그런데 최근에 책을 읽고서야 둘이 엄연히 다르다는 걸 알았다. 그때서야 시술 후로 느꼈던 척추 불안정성이 혹 시술 중에 생긴 건 아닐까 의심스러웠다. 하지만 당시 묻지 않고 지레짐작했기에 수술할 때도 물을 수 없었다. 나의 의심은 영원한 추측으로 남게 되었다. 내 몸에 대한 나의 무책임한 태도로 인해 나는 내 몸에 필요한 사실들을 알지 못하게 되었다.

한의원은 마치 대형공장 시스템처럼 움직였다. 치료실에 있는 동안 나는 제품을 생산하는 여러 단계의 생산실 중 어딘가에 와 있는 것만 같았다. 그 어딘가 칸막이 안으로 들어가 침대에 누우면 간호조무사가 들어온다. 환자의 차트를 보면서, 필요한 부분을 소독솜으로 닦아 내고 침을 원장한테 맞을 건지 다른 의사에게 맞아도 되는지 묻는다. 의사가 들어온다. 의사는 그 시간대에 누워 있는 환자를 한 번에 돌며 침을 놓고 다시 내려가 진료하기를 반복했다. 숨 막힐 듯 빠르게 돌아가는 대량생산 시스템을 칸막이 치료실 안에 누워서도 느낄 수 있었다. 부황과 사혈, 전기침은 의사의 몫이며, 찜질과 전기치료는 간호조무사의 몫이었다. 치료가 끝나면 강황 파스를 주었고, 파스를 붙이는 건 내 몫이었다.

뭐든 한 번 하면 끝을 보는 남편은 3월 초 친구들과 보름 동안의 여행을 떠나기까지 2개월이 넘는 기간을, 일요일과 공휴일을 제외하고 하루도 빠짐없이, 나를 데리고 한의원에 다녔다. 치료가 끝나면 한동안 아프지 않았지만, 시간이 지나면 통증이 다시 찾아왔다. 50만 원을 내고 먹은 수족냉증 치료 한약은 효과가 없었다.

그동안 느껴 왔던 것과는 다른 냉증이 다리에 찾아왔다.

1월부터 찾아온 증상이었다. 냉한 덩어리가 이곳저곳 옮겨 다니는 듯했다. 그 와중에, 남편이 떠나 있는 동안, 딸과 대만여행을 계획했다. 당연히 걱정스러웠다. 하지만 딸과의 마지막 여행이 될 수도 있다는 생각에 무조건 가기로 했다. 여행 며칠 전부터 냉한 덩어리가 종아리 아랫부분에 머무르지 않고 위쪽으로 올라오곤 했다. 혹 심장으로 올라올 수도 있다는, 그래서 심장에 마비라도 올 것 같다는 불안이 자라고 있었다.

여행 전날, 딸을 불러야 하는 상황이 올 수도 있다는 생각이 들어 방문을 활짝 열고 잠자리에 들었다. 다행히 아무 일도 일어나지 않았고 무사히 3박 4일의 대만여행을 떠났다. 다리가 서늘해지면서 언제라도 쥐가 날 것 같아 불안했지만 애써 태연했다. 건강하지 못한 엄마 때문에 딸의 여행을 망치게 될까 봐 여행 내내 불안했다. 염려와 달리 무사히 여행을 마쳤다. 그러나 40분 넘게 이륙이 지연되는 바람에 비행기에 꼼짝없이 앉은 채 통증에 시달려야 했다.

다음 날은 아예 일어날 수가 없었다. 오후가 되어 겨우 몸을 일으켜 정형외과에 가서 주사를 맞고 돌아와 다시 누웠다. 하루가 지나고 겨우 움직일 수 있었다. 내과의원에 가서 최근의 냉기를 설명했다. 신경 문제인 듯하다면서 대학병원 신경과에 예약을 해줬다. 그런데 예약한 신경과를 찾아 문을 여는 순간, 무성의하게 섬유근육통이라고 제멋대로 진단했던 바로 그 의사가 앉아 있는 게 아닌가.

이번에는 분명히 말했다.

"척추전방전위증으로 정형외과에서 진료받고 있습니다. 혹 그것과 연관되었을 수도 있다고 생각합니다."

그러나 의사는 아무런 반응 없이 심인성 증상, 신경의 긴장과 그로 인한 근육의 긴장이라며 뉴론틴캡슐 300mg, 한독바클로펜정 10mg(자기 전 복용)과 함께 신경검사를 처방했다. 며칠 뒤 52만 원을 내고 신경검사를 했다.

약의 부작용 때문에 하루는 잠을 잘 잤지만, 다음 날에는 졸피뎀과 아졸락을 먹어도 쉽게 잠이 들지 않았다. 오히려 다른 부작용이 생겨 자다가 일어나면 어지럽고 균형을 잡지 못했다. 그래도 종아리 근육은 이완되는 듯했다. 일주일 후 다시 병원을 찾았는데 이상 현상을 느꼈다. 10미터 앞에서 진료실로 걸어오는 바로 그 의사의 얼굴을 알아볼 수 없었다. 심각한 복시현상이었다. 깜짝 놀라 의사에게 말했다. 하지만 내 증상이나 처방약과는 무관하다며 다시 3주분의 약을 처방해 줬다. 신경검사 소견에는 이상이 없다고 했다. 나는 약의 부작용을 찾아봤다. '복시현상'이 약의 부작용으로 적혀 있었다. 그 사실을 말했지만, 의사는 부정하며 다시 3개월분의 약을 처방했다.

복시가 찾아온 후, 바로 뒤를 이어 첫 비문증이 왔다. 깜짝 놀랐다! 그야말로 하루아침에 시야를 가릴 정도로 크고 검은 그림자들이 눈에 나타났다. 이번엔 안과를 찾았다. 안약과 인공눈물을 처방하며 자연히 사라질 거라고 안심시켜 주었다. 약과의 연관성이 없다고는 말할 수 없다고 했다. 비문증은 그 크기가 잘게 쪼개지면서 또 적응해 갔다.

냉기와 함께 통증이 약간 줄어드나 싶더니 다시 원점으로 돌아갔다. '더는 이렇게 살고 싶지 않다. 이렇게 사는 건 사는 게 아니다' 생각하며 대학병원 정형외과를 찾아갔다.

"수술하겠습니다. 사는 게 사는 게 아닙니다."

"삶의 질이 떨어지면, 수술해야지요. 수술 날짜를 잡고 가시면 됩니다."

의사에게서 돌아온 말에 배신감을 느껴야 했다. '수술을 할까 말까?'를 하루에도 몇 번씩 물었고, '언제까지 버틸 수 있을까?' 고심하며 버티고 또 버텼는데, 의사의 답은 그야말로 경쾌하고 단순했다. '삶의 질'이 수술을 결정하는 키워드였다. 정말 단순했다.

수술 여부는 '삶의 질'이다. 그 '삶의 질'이란 환자만이 알 수 있다. 수술을 결정하기까지는 의사의 의견이 중요하지만, 결국은 전적으로 환자의 몫이다. 나는 그걸 모르고 있었다. 바보였다.

그동안 근육염증, 척추관협착증이라 말하고 추간판탈출증이라고 기록한 이상하고 의심스러운 진단, 그리고 척추전방전위증이라는 생소한 진단과 이후 척추분리증이란 소견을 받았다. 물리치료, 대체의료기, 근육주사, 도수치료, 시술, 근육 강화 주사, 체외충격파, 침과 부황 등 갖가지 치료를 받았다. 중간에 자궁적출 수술도 했다. 사는 것 같지 않았던 지난날에 허탈해하며 수술 날짜를 잡았다.

2016년 7월 25일! 허리 통증이 시작된 지 15년 4개월 만이다.

2부

몸을 돌아보는 시간

수술부터 회복까지 5년

수술 축하 파티와 입원

양상추, 어린잎, 빨간 파프리카, 청피망, 치커리와 토마토, 양파와 오이에 아몬드와 해바라기 씨를 얹었다. 그리고 발사믹 식초와 올리브유를 끼얹어 샐러드를 완성했다. 두 접시로 나눠 식탁에 올렸다. 식탁 중앙의 부루스타 위에서는 멸치와 다시마, 표고버섯 우린 물이 끓고 있다. 그 옆에는 얇게 저민 소고기며, 알배기배추, 청경채, 숙주와 목이·팽이·표고버섯, 유부와 어묵, 진분홍색 테를 두른 찐어묵, 칼국수와 만두, 단호박을 담아 놓은 큰 쟁반이 놓여 있다. 쑥갓을 빼놓을 뻔했다. 샤브샤브에는 쑥갓이 있어야 하는데. 샐러드와 함께 김치와 김도 두 접시씩 놓았다. 수저 아홉 개를 식탁에 놓는 소리가 달그락거린다.

식탁 끝에서는 작은딸, 시조카 둘, 큰딸(손자 해의 엄마)까지 합세해서 손자 해를 놀려먹고 있다. 실은 나도 한패가 되어 해를 놀려먹는다. 어른 다섯이 일제히 어린 해를 향해 '음매~에에에' 소리를 낸다. 해가 '음매~' 소리를 무서워하기 시작했기 때문이다. 이번에는 "엄마가 섬그늘에~"를 노래한다. 해가 얼마

전부터 유튜브 영상을 보기 시작했고, 거기에 나오는 곰이 '엄마가 섬그늘에~'를 부르면 해는 또 어김없이 슬픈 표정으로 울었던 것! 역시 예상을 벗어나지 않고 해가 입을 삐죽거리며 슬프게 울어 준다. 짓궂은 식구들은 까르르 웃느라 야단이다. 할머니인 나는 그 순간을 찰칵 포착해 핸드폰에 담는다.

식사가 시작되었다. 6인용치고는 조금 넉넉한 식탁이라 아직은 어린 해와 달을 포함해 11명 중 나와 큰딸을 제외한 나머지 식구들이 어렵사리 모여 앉을 수 있었다. 막내 서방님네 네 식구, 출가한 큰딸네 네 식구에 우리 부부와 둘째 딸이 함께 모였다. 그냥 앉아 있기만 해도 복잡하고 시끄러운데, 육수 끓는 소리, 그 안에 채소며 고기를 넣고 건져내는 손길들, 오가는 말들로 식탁은 야단법석이었다. 웃음소리까지 더하니 혼이 빠질 지경이다. 에너지 등급 떨어지는 구식 에어컨까지 큰소리로 즐거운 소란에 합세했으니, 한여름의 열기만큼이나 즐거움도 뜨겁다.

책을 쓰기로 작정하고 구글포토에서 2016년 7월 23일 사진을 뒤졌다. 사진 한 장이 그날의 상황을 생생히 들려준다. 수술은 25일, 입원은 24일이었다. 입원 하루 앞둔 23일에 우리 부부와 작은딸, 그리고 큰딸네 식구와 함께 아침 일찍 스튜디오에 가서 가족사진을 찍고 왔다. 그리고 곧 막내 서방님네가 집으로 와 합류했다. 마음껏 웃고 떠들며 수술 후 건강한 모습으로 살아가리라는 기대로 축복해 주었다. 몇 년간 계속해서 통증이 심한 이유로, 손님이 있으면 무조건 외식을 해왔다. 그러나 2016년 7월 23일은 집에서 만든 음식을 나누며 신나게 웃고 떠들었다. 수술에 대한 두려움보다 새로운 삶에 대한 기대가 컸다. 수술 후 당분간은 모이기 어려울 거라고 생각했지만, 그 기간이 그토록 길어질 줄은 아무도 몰랐다.

식사가 끝나갈 무렵, 병원에서 문자가 왔다.

"내일 3시까지 병원에 오셔서 입원하시기 바랍니다."

입원

오후 3시, 병원 도착. 3층에서 입원 절차를 마쳤다. 올 때마다 병원이 커지고 시설도 좋아진다. 지하부터 시작해 3층까지 없는 게 없을 만큼, 온갖 상업 시설이 들어차 있다. 건강식품, 심지어 의류를 파는 쇼핑센터도 있고, 식당, 카페, 베이커리, 떡집과 편의점 등 없는 게 없다. 편의점 규모가 동네의 것과는 비교가 안 될 정도로 크고 동네 편의점에서는 볼 수 없던 물건들이 가득하다. 이런 것들에 눈이 휘둥그레져, 정기검진을 받으러 올 때마다 어슬렁거리며 돌아다니곤 했다. 딱히 음식을 먹고 싶은 욕구가 생기지 않아도 괜히 카페에 들러 아메리카노라도 마시고 가는 게 습관이었다. 소박하고 검소한 삶을 추구하나 부르주아 근성이 새겨진, 목가적 삶을 그리면서도 도시적 삶을 포기못 하는 이중적인 사람이라고 갈등하면서.

'실비보험이 있어 쾌적한 병원 시설을 부담 없이 누릴 수 있어 다행이야!' 5년 전 자궁적출 수술을 받기 위해 이 병원에 입원하면서도 같은 생각을 했다. '이런 권리를 누리는 사람이 얼마나 될까?' 남편은 병력이 있어 실비보험에 가입할 수 없었다. 병력이 없다 해도 보험료가 적지 않고 계속 보장을 받으려면 10-20년 동안 납입해야 한다. 누구나 누릴 혜택이 아니라는 생각으로 마음 한편에 죄책감이 몰려오는 것도 5년 전과 같았다.

입원할 병동으로 올라가 간호사의 안내를 받아 병실로 들어갔다.

"이쪽으로 오세요. 5인 병실이고요. 여기 창가가 조희선 씨 자리예요."

'와~ 병실 좋다. 창가라니. 운이 좋네. 개인 수납장도 이렇게 커졌어.'

입원실도 나날이 좋아진다. 5년 전 입원했을 때만 해도 기본 병실은 6인실이었다. 병실도 수납장도 좁아 답답했다. 이제는 5인실이 기본 병실이다. 침대 높이 정도에 불과했던 개인 수납장은 천장까지 닿아 있다. 수납공간이 넉넉하다. 7월 24일. 더위 한가운데건만 시원하게 돌아가는 에어컨 덕분에 창밖으로 보이는 한여름 푸른 하늘마저도 시원스럽게 느껴졌다. 이런 정황들이 수술 후 입원 기간을 보내고 병원을 나설 때면 내 몸도 저 푸른 하늘만큼이나 시원해질 것이라는 기대를 품게 했다.

환자복으로 갈아입자 간호사가 일정을 알려 주기 위해 병실에 왔다.

"이 약을 드세요. 장을 비우는 약이에요. 수술 전에 장을 비워야 하거든요. 8시에는 MRI 촬영이 있습니다."

간호사가 준 약을 먹은 후 10일 동안 내가 머물 곳을 탐방할 겸 남편과 병원을 한 바퀴 돌았다. 6시쯤 큰딸 부부가 해와 달을 데리고 방문했다. 어린 것들을 보면, 기분이 업된다. 돌아가고 나서도 어린 것들을 한참 떠올린다. '세상에 예쁜 것들!' 박완서 선생님이 마지막 산문집 제목을 《세상에 예쁜 것》(마음산책)으로 삼은 이유를 알 것 같았다.

해와 달이 돌아가고 수술해 줄 담당의가 왔다. 수술 내용과 과정, 위험성에 대해 그림을 그려 가며 자세히 설명해 줬다.

"척추 안에 신경 다발이 지나갑니다. 수술 과정에서 자칫 신경을 건드릴 수도 있습니다. 마비 등 심각한 증세가 생길 수도 있는 수술이지요. 그렇지만 염려 마세요. 힘든 수술이라고들 하지만, 저 같은 사람은 거의 매일 이런 수술을 합니다. 안심하셔도 됩니다."

의사가 하는 말을 들으며 내 마음은 의술에 대한 경이로움에서 두려움과 불안으로 움직이며 요동치다가 결국은 안심으로 정리되었다.

저녁 8시 MRI 촬영! 한 달 전, 수술을 결정하러 병원을 찾았을 때, 자가수혈과 MRI 촬영에 대한 안내를 받았다. 입원 전에 MRI 촬영을 하라고 했다. 병원 측에선 번거롭지 않고 편하겠지만, 환자인 내게는 금전적으로 불리하다. 내가 가입한 실비 보험은 입원 후 발생하는 비용 전부를 보험회사가 부담한다. 반면 통원 치료의 경우 10만 원까지 지급이다. (딸들 보험은 하루 통원 치료비가 25만 원까지다. 보험마다 보장내용이 다르다.) 그러니까 MRI 촬영의 경우, 89만 원 촬영 비용 중 79만 원을 내가 내야 한다.

의사에게 보험 계약 내용을 설명하고 입원해서 촬영하겠다고 하자 그렇게 하라며 간호사에게 오더를 다시 내렸다. 79만 원이란 비용을 줄일 수 있었다. 병원에 다니는 동안 내가 했던 가장 영리한 일이다.

MRI 촬영을 끝내고 오니 이번에는 간호사가 내 가슴에 패치를 붙여 줬다. 통증을 감소시키는 패치란다. '얼마나 아프기에 이제까지 받은 수술에서는 붙여 본 적 없는 패치를 붙이는 걸까?', '언제 이런 게? 그새 또 발전한 거군. 이 패치가 덜 아프게 해주겠네!' 패치를 붙여 주는 간호사를 앞에 두고 상반되는 생각이 오갔다.

수술을 위한 제모와 소독을 했다. 수술 전에는 반드시 금식해야 하지만, 간호사실에 맡겨 놓은 신경과 약과 수면제는 먹어도 된다고 했다. 평소 습관대로 10시가 조금 안 된 시간, 신경과에서 처방받은 뉴론틴캡슐 300mg과 한독바클로펜정 10mg, 동네 내과에서 처방받은 졸피뎀과 아졸락을 먹고 잠들 준비를 했다. 아직 장이 비워지지 않았다. '내일 일찍 화장실에 가게 될 거야!'라며 은근한 걱정을 몰아냈다.

진단명은 '척추전방전위증'*(이때 척추분리증이 함께 있는지 묻지 못했다. 이때까지도 나는 '척추전방전위증'과 '척추분리증'을 같은 질환으로 알고 있었다), 수술명은 '척추유합술'*(정확히는 유합술+고정술)이다. 척추 4번이 앞으로 빠지면서 5번과 평행을 유지하지 못하고 어긋나 있다. 증상이 심한 편이다. 5번 척추 윗부분 중간쯤에 4번 척추 아랫면 뒷부분이 얹혀 있다. 디스크는 당연히 손상되어 있었고 나는 24시간 통증을 느꼈다.

이미 EBS 프로그램 <명의>에서 수술 과정을 여러 번 보았기에 전날 담당 의사가 설명한 내용을 잘 이해하고 있었다. 우선 4번과 5번 두 뼈의 후궁을 그리고, 다음에는 사이에 있는 디스크를 제거한다. 그러면 척추는 4번과 5번을 경계로 하여 아래위로 분명하게 분리된다. 두 동강 나는 거다. 4번과 5번 뼈 각각 좌우에 나사를 박은 후, 앞으로 나간 4번 뼈를 잡아당겨 정상 위치로 옮긴다. 4번 왼쪽과 5번 왼쪽 나사를, 4번 오른쪽과 5번 오른쪽 나사를 핀으로 연결하는 방식으로 바로잡은 척추의 위치를 고정한다. 이 과정에서 4, 5번 척추 사이에 잘려나간 디스크 대용으로 골반에서 떼어낸 뼈를 끼워 넣는다. 의사에 따라 골반뼈 대신 인공게이지(수술하면서 떨어져 나온 잘게 부서진 뼛조각들을 그 안에 채워 넣는다고 한다)를 사용하기도 한단다.

출혈이 많아 수혈이 필요하다. 수혈하는 경우, 부작용이 있다. 자가수혈*이 수혈의 부작용을 줄일 수 있다. 1992년, 남편이 심장 수술을 받았다. 수혈이 필요했고, 친정과 시댁 가족들이 지정 헌혈한 피를 수혈받았다. 그렇게 수술을 받은 후, 남편은 한동안 심한 전신 가려움증에 시달렸다. 수혈 부작용이었다. 나는 자가수혈을 위해 한 달 전부터 일주일 간격으로 내 피의 일정량을 헌혈해 보관해 왔다. 혈압이 낮은 나는 최고혈압이 보통

80과 99 사이, 최저혈압은 60 정도였다. 맥박은 보통 55 주변을 맴돌았다. 혈압이 너무 낮으면 헌혈 도중 쇼크가 올 수 있다. 적어도 최고혈압을 100까지 끌어올린 후 헌혈하는 게 안전하다. 4회 내내 "나가서 빠른 걸음으로 걷다가 오세요"라는 주문에 빠른 걸음으로 병원 이곳저곳을 돌아다니다가 다시 혈압을 체크하기를 몇 번씩 반복했다. 90 후반을 넘기면 피를 뺄 수 있었다.

새벽에 눈을 떴다. 수술 날이다. 잠을 제대로 잤다. 병원에서도 수면제가 제 역할을 해줬다. 수술을 받으면 이전과 같이 힘찬 나날을 보내게 될 것이다. 불안하지 않았다. 장을 비우는 약도 제 역할을 해줘 화장실에 가서 장을 비울 수 있었다. 수술 준비가 끝났다고 생각하는데 갑자기 속이 울렁거렸다. 울렁증은 매우 나쁜 징조다. 내게 이런 증상이 나타나면 보통은 곧 어지러움과 구토를 동반하며 몸을 가누지 못하게 된다. 그럴 때마다 응급실로 가는 상황이 여러 차례 있었다. 그때마다 CT 촬영 혹은 MRI 촬영을 했지만, 원인을 알 수 없었다. 링거주사를 맞고 진정되면 거액을 내고 병원을 나오는 것 외에 방도가 없었다. 증상이 멈추고도 3일 꼬박 누워 지낸 적도 있다. 간호사가 오더니 패치 때문인 것 같다며 떼어냈다. 증상이 더 나빠지지 않아

다행이었지만 가라앉지도 않았다.

　　남자 간호사가 병실로 들어왔다. 침대에서 내려 휠체어로 옮겨 앉아 수술실로 향했다. 수술을 여러 번 했지만, 침대 아닌 휠체어로 수술실로 간 경우는 이번이 처음이다. 대기실에 도착했지만, 여전히 울렁증은 가라앉지 않았다. 휠체어에 앉아 있기가 힘들었다. 침대에 누우면 좀 낫겠는데 바보같이 그냥 버텼다.

　　울렁증을 잊기 위해 다른 생각을 하려고 했지만, 결국은 수술할 때마다 같은 걱정이 떠오른다. '마취가 제대로 되지 않으면 어떻게 하지? 마취가 제대로 되지 않은 상태에서 의사들이 모르고 집도하지는 않겠지!' 그러다가 가족과 병원 측, 집도의에게는 미안한 일이지만, '테이블-데스'를 생각했다. 울렁증으로 힘들어지고 대기실에서 앉은 채 기다리는 것 역시 버거워지면서 수술 결과에 대한 확신이 줄어들고 있었던 것이다. 15분이 지났고 드디어 침대로 옮겨 누웠다. 링거가 매달리고 누군가 내 팔에 주사를 놓았다.

퇴행성 척주전방전위증

다른 척추보다 척추 하나가 앞으로 미끄러져 나와서 생기는 관절 질환이다. 그것은 척추협착증과 관련되어 발생할 수 있고 척추 후궁 절제술에 추가적인 수술이 요구될 수 있다. 후궁 절제술로 알려진 수술법은 수술 때에 본질적으로 척추를 지지해 주는 일부를 제거한다. 이때 이미 척추가 분리되어 있으면 종종 더 안 좋은 결과를 얻을 수 있다. 이것은 척추의 불안정과 통증의 지속 또는 악화를 초래한다. 퇴행성 척추전방전위증 환자에게 단순 후궁 절제술은 전방전위증을 악화시킬 수 있고 좌골신경통과 기계적 허리 통증을 유발할 수 있어서 후궁 절제술 뒤, 척추를 잡아 주기 위한 골 유합술이 필요할 수 있다. 유합을 하지 않으면 척추가 더 밀려 나가거나, 요통이나 신경통 등이 다시 와서 추가적인 수술이 필요할 수 있다.

- 지야 L. 코카스란 외, 《허리병원 알고 갑시다》(시그마북스), 61쪽 참고.

척추유합술

뼈를 이식하여 척추뼈와 척추뼈를 하나의 뼈로 붙이는 수술이다. 고정술은 척추뼈에 척추경 나사못을 삽입하여 위의 척추뼈와 아래의 척추뼈 사이를 고정하는 수술이다. 일반적으로 유합술과 고정술을 별개로 시행하는 것은 아니다. 척추경 나사못을 이용한 고정술을 시행할 때 뼈를 이식하여 붙이는 유합술도 병행하는 것이 원칙이다. 유합술을 하지 않고 고정술만 실행하면 시간이 지나 언젠가는 반드시 문제가 발생한다. 유합술을 하지 않은 고정술은 반드시 실패하는 것으로 알려져 있다. 추간판탈출증에서 추간판을 되도록 많이 그리고 장시간 보증하면서 치료하는 것이 중요하며 유합술과 고정술은 최후의 방법이 된다.

- 지야 L. 코카스란 외, 위의 책, 299쪽 참고.

자가수혈

자가수혈을 결정했다면, 적어도 수술하기 몇 주 전에 피를 뽑아야 한다. 이 혈액이 가공되고 검사를 거치는 데 시간이 걸리므로, 여유시간을 두어야 하며 또한 피를 뽑은 몸이 회복되는 데도 어느 정도 시간이 필요하다. 일반적으로 한 파인트를 공유한 뒤에는 한 주 정도 여유시간이 필요하다. 공유 전후에는 수분을 충분히 섭취해야 한다. 환자들이 피를 미리 공유하지 않았거나 공유한 것보다 더 많은 피를 필요로 할 때는 혈액은행에서 환자의 혈액형과 일치하는 공여자의 혈액을 구해 사용하기도 하고, 수술 중에 흘린 환자의 혈액을 모아 깨끗하게 한 후 다시 사용하기도 한다. 후자의 경우를 '자가 수혈기 혈액'이라고 한다.

– 지야 L. 코카스란 외, 위의 책, 198쪽 참고.

부작용 3종 세트, 악몽 같았던 3일

"조희선 씨~ 정신 차리세요. 주무시면 안 됩니다."

"무통주사, 항생제 들어갑니다."

멀리서 희미한 소리가 들렸다. '수술이 ㄲ~?' 생각이 끝나지도 않았는데, 사방이 빙빙 돌았다. 어지럽고 울렁거리고 토할 것만 같았다. 눈도 뜰 수 없었다. 몸 안의 장기들이 부르르 떨기 시작했다. 몸이 고무풍선처럼 부풀어 오르는 듯했고, 손은 뒤틀리고 있었다. 뭔가 크게 잘못되고 있는 게 분명했다. 내 상황을 말해야 했다. 말소리가 입 밖으로 나가지 않는 건지 듣지 못하는 척하는 건지, 누구도 반응하지 않았다. 침대를 굴려 입원실로 가고 있을 뿐 아무런 설명이 없었다. '무통주사와 항생제 부작용이구나.' 괴로운 가운데 자가진단을 했다.

수술과 (역시 수술인) 시술 경험이 여러 차례다. 수술과 시술을 반복하면서 처음에 없었던 부작용들이 생겼다. 무통주사 부작용은 탈장 수술을 하면서 시작되었고, 항생제를 맞는 순간부터 울렁거리는 증상이 생긴 것은 척추 시술을 하면서부터

다. 무통주사 부작용은 정도가 심해 뱃속에 아무것도 들어 있지 않아도, 식사 운반차가 굴러오는 소리만 들려도 게워 내야 했다. 전혀 먹을 수 없었다. 그것을 기억해 내는 것만으로도 힘들다.

무통주사와 항생제 부작용이 있다고 몇 번을 말해도, 의료진은 링거에 별도로 달려 있던 무통주사액을 떼어내고 대신에 진통제 주사를 놓겠다, 구토를 가라앉히는 주사약을 투입하겠다고만 할 뿐, 증상의 원인에 대해선 어떤 설명도 없었다.

간호사가 들어오기에 "무통주사와 항생제 부작용이 맞나요?" 하고 물었다. 쓸데없는 짓을 했다. 간호사는 묵묵부답에 냉랭한 표정으로 답을 대신했다. 나를 투명인간 취급했다. 이런 간호사를 만난 것도 이번이 처음이다. 수술 이틀 전의 즐거운 기대는 산산이 흩어져 버렸다.

항혈전을 위한 압박스타킹이 도착해 신었다. 척추보호대를 만들어 줄 기사님이 내 치수를 재어 갔다. 보통 수술 다음 날부터 걷고, 걸으려면 반드시 척추보호대를 해야 한다. 내일 걷기 전에 내게 꼭 맞는 척추보호대가 올 것이다. 수술 때마다 만나는 알록달록한 기구도 이미 와 있었다. 폐 기능 회복을 위해 기구에 매달린 호스에 입을 대고 바람을 불어 그 안에 있는 작은 공들을 올려야 한다. 이전에는 수술 후 이 작은 플라스틱 공을 꽤 잘 올릴 수 있었다. 이번엔 도무지 공이 올라가지 않았다. 너무 힘들다. 이렇게 계속해서 수술을 받게 될 것을 알았다면 예전에 사용한 기구를 잘 보관했어야 했다. 하지만 매번 퇴원과 동시에 버렸다. 아마 이번에도 버리게 될 것이다. 이제 또 수술할 일은 없어야 한다. 수술 때마다 버려지는 기구들, 병원 폐기물, 산업 폐기물을 생각하면 정신이 아뜩하다. 퇴원할 때 병원에 반납하면 병원이 가능한 처치를 해 재사용할 수 있으면 좋겠다는 생각을 그 와중에 했다.

수술은 준비 시간을 포함해 5시간 30분 정도 걸렸다고 한다. 아침 7시 30분에 내려가 오후 한 시가 넘어 입원실로 왔다고 남편이 말해 주었다. 수술 후 몸 상태는 그야말로 엉망진창. 패치 부작용이 무통주사와 항생제 부작용을 강화했을지 모른다. 수술 후에 주치의가 왔다 갔는지 아닌지 모르겠다. 수술 직후 일에 대해서는 부풀어 오르고 뒤틀리고 울렁거리고 부르릉 떨었던 장기들 외에 다른 것들에 대한 기억이 없다.

수술 다음 날 의사는 말했다.

"수술 잘되었습니다. 내일부터 걸으시지요."

"내일부터요? 오늘부터 걷는 게 아니고요?"[*]

"보통은 수술 다음 날이면 걷습니다. 그런데 조희선 씨는 몸 상태가 좋지 않아 하루 더 침대에 계시는 것이 좋겠습니다."

소변도 침대 위에서 해결하라고 했다. 소변기가 있다고 해도 허리를 들 수가 없었다. 요도관은 제거했다. 기저귀를 했다. 도저히 소변이 나오지 않았다. 수면제를 먹었지만, 소변과 기저귀와의 싸움으로 나도 남편도 밤을 새웠다.

"요도관을 오래 하고 있거나 다시 끼우는 일이 반복되면 감염되기 쉬워요."

제거했던 요도관을 다시 끼우며 간호사가 말했다. 하지만 소변이 배출되지 않아 배가 부풀어 올랐다. 간호사가 배를 눌러 소변을 빼냈다. 낭패였다. 일어나고 싶었다.

수술 후 3일 이른 아침. 못 보던 간호사가 들어왔다.

"열이 아직 내리지 않았네요. 얼음찜질팩 갖다 드릴 테니 그걸로 식혀 보세요. … 무통주사와 항생제 부작용 때문에 구토증세가 심하셨네요. 이제 괜찮아지실 거예요. … 병실을 옮길 겁니다. 지금 계신 곳은 외과 병동이에요. 정형외과 병동에 자리가 났거든요. 그리로 옮기실 거예요."

수술 후 간호사 여럿이 교대로 들어왔으나, 이렇게 친절한 간호사는 처음이었다.

"소비자는 왕이다" 따위의 말도 안 되는 말들을 나는 무척이나 싫어한다. 지나친 친절을 싫어한다. 언제나 나와 너는 동등하다. 지나친 친절에 상응해 나 역시 지나치게 반응해야 할 것 같은 부담이 매우 싫다. 내가 병원 측에 기대한 것은 딱 이 정도였다. 낯선 간호사가 해준 설명. 내가 겪는 증상에 대한 설명. 열이 있다고 얼음 팩을 갖다 주는 진심과 성의. 환자도 자기 상황을 알 권리가 있음을 알고, 환자와 의료진의 동등한 인격을 인정하는 데서 오는 자연스러운 행위들.

침대가 들들거리며 움직였다. 간호사의 말대로 외과 병동에서 정형외과 병동으로 병실을 옮긴 것이다. 다리와 발의 저림 현상이 수술 전보다 심해졌다. 울렁증은 진정되었다. 침대에서 내려오라는 지시가 당연히 있을 줄 알았다. 침대에서 내려가기만을 바라며, 아침 회진을 간절히 기다렸다.

"저림 현상은 일시적일 수 있습니다. 곧 나아질 겁니다. 하루만 더 지내고, 내일 걷기 시작하시지요."

"하루를 더 침대에 있으라고요?"

"네. 그러시는 게 좋겠습니다."

수술로 인한 건지 이전부터 있던 통증인지, 마구 엉켜 구별되지 않는 통증들. 침대에 밀착된 등이 뿜어내는 열기가 극점을 향해 치솟았다. 등척추 마디마디가 뜨겁게 끓어오르는 것만 같았다. 심신이 폭발해 공중 분해될 직전인데 "예"라고 답하고 말았다. 그때 바로 일어나 걷겠다고 했으면, 약간의 무리를 감당하면서 걸었더라면 더 낫지 않았을까 싶다. 하지만 그런 제안을할 정신적 여유가 없었다. 나와 같은 상태에서 누워 있는 게 얼마나 힘든 건지, 의사가 안다면 혹 달리 말하지 않았을까. 본인이 경험하지 않고 알 수 있는 건 세상에 없다. 당시 상황에서는걷는 게 불가능했을지도 모르지만 그래도 우겨 볼 수는 있었다.어차피 의사가 결정할 일이니, 안 되면 안 된다고 했을 것이다.

"힘드시면 옆으로 돌아누우셔도 됩니다."

"그렇게 하기 힘들 것 같아요."

"남편분이 도와주세요. 환자분이 침대 난간을 잡고 남편분이 이렇게 난간 앞에서 환자 위로 손을 뻗어 등에 갖다 대세요.하나, 둘, 셋 소리와 함께 환자분이 침대 난간을 잡아당기고, 동시에 남편분이 환자 등을 침대 난간 쪽으로 돌려 주세요."

의사가 시범을 보였다. 그렇게 침대 난간을 겨우 잡은 채 옆으로 돌아누우면 확실히 등의 열기가 식었다. 그러나 오래 버티지 못했다. 얼마 안 되어 다시 천장을 바라보고 누워야 했다.

오빠와 친구들, 서방님과 동서에게서 전화가 왔다. 병원에오겠다는 것을 거절했다. 도저히 문병을 감당할 수 없었다. '딱하루만 더 버티자!' '단기 목표가 중요해. 딱 하루만 더! 딱 하루만 더!' 그러면 결국 버텨야 할 시간이 지날 것이다. 다 지나간다.

수술 후 걷기에 대하여

수술 후 가능한 한 빨리 일어나는 것이 회복에 도움이 된다. 보통 수술 후 하루나 이틀 만에 일어나서 걷고 돌아다니는 것이 가능하다. 환자들은 대개 물리치료사의 도움을 받으며 보행을 하게 된다. 걷는 것이 불편할 수는 있지만 중요하다. 하지 혈액순환을 도와줌으로써 주로 발생할 수 있는 혈전, 폐렴, 그리고 다른 심각한 합병증을 예방할 수 있다. 대부분의 경우, 항혈전 스타킹인 압박스타킹을 신게 되며, 큰 수술을 받은 몇몇 환자의 경우엔 헤파린을 피하에 주사하여 혈전을 예방하기도 한다.

- 지야 L. 코카스란 외, 《허리병원 알고 갑시다》(시그마북스), 204쪽 참고.

침대에서 내려오던 날,
기대의 조각들이 모였다 흩어지기를 반복했다

수술 후 4일. 몸에 열이 전혀 없음을 나도 알 수 있었다. 의사의 회진을 코가 빠지게 기다렸다.

"오늘부터는 걸으셔도 됩니다."

요도관을 뺐다. 미리 맞춘 척추보호대를 했다. '제대로 맞춰 준 걸까?', '잘못 착용한 건가?' 의심스러울 정도로 척추보호대는 심히 딱딱하고 불편하기 이를 데 없었다. 침대에 누워 있는 시간을 제외한 모든 시간에 이 딱딱하고 불편하기 짝이 없는 척추보호대를 해야만 한다.

침대에서 내려왔다. 높이가 내 어깨 정도는 되는 키 큰 보행보조기를 남편이 내 앞에 가져왔다. 화장실에 가서 소변을 배설했다. 수술 후 요도관을 빼고도 소변을 잘 보지 못한 경우가 있었는데, 이번엔 첫 번에 성공했다. 척추보호대와 보행보조기를 의지해 걸었다. 큰 무리를 느끼지 않았다. 불편한 척추보호대가 얼마나 큰 역할을 하는지, 얼마나 필수적인지, 허리 위와 아래로 두 동강이 난 사람이 이 보조대가 없으면 어떻게 되는

지 이때는 전혀 알지 못했다.

　침대에서 내려왔을 뿐인데 산산이 흩어졌던 기대가 다시 모여 살아났다. 전날 전화로 "안 되겠다. 내일은 가 봐야겠다" 하더니 오빠가 정말 왔다. 걸어서 엘리베이터까지 배웅할 수 있었다. 친구들도 찾아왔다. 나이 예순을 넘은 할머니들이 모처럼 재잘거리며 웃고 떠들었다. 엘리베이터까지 배웅하고 침대로 돌아오자 전신이 바들거리며 떨렸다. 말이 나오지 않았다. 꼼짝없이 누워 있었다. 나눠 써야 할 하루 에너지를 웃고 떠드는 동안 탕진해 버린 것이다.

　오후 늦게 다시 걸었다. 되도록 자주 많이 걸으라는 의사의 처방도 있었지만, 그렇지 않았더라도 걸을 수밖에 없었다. 누워 있는 건 충분을 넘어 지나친 고역이었다. 앉아도 된다고 했으나 앉을 수는 없었다. 앉는 순간 수술 부위의 통증은 물론, 고관절에서 시작해 허벅지, 종아리에서 발끝까지 타고 내려가는 방사통이 견디기 힘들었다. 수술 전보다 저림 증상이 한층 더 심해졌다. 시간이 지나면서 나아지니 걱정 말라는 의사의 말을 믿을 수 없었다. 수술이 잘못되었다고 해도 의사가 솔직히 말하지 않을 수 있다는 생각을 했다. 하루 동안 여러 차례 딴 세상을 오갔다.

수술 후 5일. 보통은 오전 6시가 되기도 전에 간호사가 들어와 체온과 혈압을 잰다. 그 시간이 지나면 병원 복도를 몇 바퀴 돌고 온다. 7시 아침 식사. 아침 약을 먹으면 인턴으로 생각되는 의사가 수술 부위를 소독하고 간다. 그리고 회진 시간이다. 모처럼 징징 짜는 말을 하지 않았다. 몸이 한결 나아졌다고 말할 수 있었다. 다시 가벼운 마음으로 3층 병원 로비로 내려갔다. 시원한 초록들을 심어 놓은 인공 정원이 있고, 정원 사이에 작은 갤러리로 이어지는 통로가 있다. 작품들 속 자동차며 집이며, 한결같이 화사하고 귀엽다. 환자들의 마음을 충분히 밝게 해줄 만했다. 그러나 이것도 저것도 다 손바닥만큼 좁은 공간이었다. 마땅히 갈 곳이 없으니 휴게실도 가보고, 도서를 모아 놓은 작은 공간도 찾아냈다. 하지만 휴게실의 텔레비전도 꽂혀 있는 책들도 눈에 들어오지 않았다. 입원할 때마다 책을 가져갔지만, 가져간 책을 읽은 적이 단 한 번도 없다.

수술 후 6일. 또 하루를 보냈다. 밥이 싫었다. 뭐든 싫었다. 나 대신 남편이 병원 밥을 먹었다. 카톡! 남편 핸드폰에서 나는 소리다. 사위에게서 카톡이 왔다.

"여보, ○○이 편의점 상품권을 보냈네. 필요한 데 쓰라고. 삼만 원짜리 두 장인데?"

딸보다 더 자상한 사위 얼굴을 떠올리며 어제 갔던 편의점에 남편과 함께 내려갔다. 뭐라도 사려고 했지만 역시 먹고 싶은 게 없었다. 또 커피만 샀다. 그러면 안 되는데 별수 없었다. 오후에 서방님과 동서가 복숭아를 잔뜩 사 들고 왔다. 복숭아가 입으로 잘도 들어갔다. 나는 워낙에 과일을 좋아한다. 그즈음 왠지 복숭아가 생각났다. 동서가 뭘 사가면 좋겠냐고 전화로 물어서 복숭아가 먹고 싶다고 했다.

"희선이는 과일을 좋아하니 나중에 과수원집 아들하고 결혼해도 좋겠다. 아니다! 그럼 땅에 떨어진 못난이 과일만 먹게 될 수도 있겠네" 하시던 엄마의 목소리가 들리는 것 같아 울컥했다. 돌아가신 아버지도 생각났다. 아버지는 커피를 좋아하셨고, 생애 마지막 날들을 오직 메로나 아이스크림으로 연명하셨다. 아무것도 드시지 못해 입이 타들어 가면 메로나를 달라고 하셨다. 입에 갖다 댄 메로나에 혀를 대시며 "이게 내 식량이야" 하셨다. 당분간 내겐 복숭아가 식량이 될 것 같았다.

그러고 보니, 할머니가 돌아가실 때는 오직 잘게 쪼갠 얼음 조각을 입에 물고 계셨다. 앓아누웠던 아버지와 할머니가 생각났고, 내가 아픈 걸 알면서도 병원에 올 수 없는 엄마를 생각했다. 남편 모르게 눈물을 훔쳤다. 서방님과 동서가 가고 큰딸과 사위, 손자 해와 달이 왔다. '세상에 예쁜 것'들이 할머니 수술 후 처음 나를 보러 왔다.

"할머니, 아파? 호~."

세상에 예쁜 것들, 딸들과 사위, 서방님과 동서… 사람들, 살아 있는 풀과 나무와 흙, 바람들은 인공 정원이 대신할 수 없는 초록이고 맑은 공기고 더운 여름날 찬 시냇물이다. 약이다.

병실에서 우리 모두는 가련해진다

"뭐야? 여기가 어디야? 다리수술 하러 왔는데 수술은 안 해주고 도대체 나를 어디에 데려다 놓은 거야? 빨리 수술해줘~. 아니면, 우리 아들한테 데려다줘~."

방금 입원실로 들어온 할머니의 우렁찬(분명 할머니 환자의 목소린데 우렁차다) 목소리가 병실을 가득 채웠다. 할머니의 고함 소리에 내 머리가 반응했다.

'수술하러 왔는데 수술을 안 하고 병실로 왔다고?'

사실은 이랬다. 할머니 다리가 부러졌고 병원으로 왔다. 수술은 끝났다. 마취가 덜 깼다. 할머니는 섬망을 겪고 있다. 아들 가족이 돌아가고 간병인만 남았다. 할머니를 이해시킬 방법이 없었다.

밤이 되자 "밥 줘. 배고파" 하며 할머니가 소리쳤다.

"아까 잡수셨잖아요?" 간병인이 대꾸했다. 수술 후라 할머니는 어차피 금식이다.

할머니는 상체를 높인 자세로 누워 있었는데, 밤새 잠을 주무시지 않았다. 밤새도록 아들한테 데려다 달라, 밥을 달라, 소리를 질렀다. 어떤 움직임도 없던 간병인이 드디어 소리를 지르며 환자를 윽박질렀다.

"시끄러워 죽겠어. 계속 그렇게 시끄럽게 굴면 처치실에다 갖다 놓을 거야."

다른 환자들도, 함께 있던 다른 간병인들도 아무 말을 하지 않았다.

시간이 지나며 어찌어찌 다들 잠이 든 것 같다. 내 옆 보호자 침대 위의 남편도 깊이 잠이 들었다.

"너 돈 받고 간병하면서 어쩜 그렇게 못되게 구니?"

할머니의 정신이 확실히 돌아왔다. 간병인은 그 말에 꿈쩍하지 않고 보호자 침대에 누워 있었다. 얼마나 더 지났을까. 할머니가 다시 말했다.

"아줌마. 내가 5만 원 줄게. 우리 아들한테 데려다줘."

잠깐 사이에 간병인은 '너'에서 '아줌마'로 바뀌었다. 거래 금액이 제시되었다. 5만 원이다. 그래도 간병인은 꿈쩍하지 않았다. 할머니가 말했다.

"아줌마. 내가 10만 원 줄게. 우리 아들 좀 불러 줘."

거래금액이 올라갔다. 조금 시간이 지나, 여전히 꿈쩍 않는 간병인에게 할머니는 다시 사정하듯 말했다.

"아주머니. 내가 20만 원 드릴게요. 먹을 것 좀 주세요."

5만 원에서 10만 원이 되었던 거래금액이 20만 원으로 배가 되었고, 호칭은 '너'에서 '아줌마'로 다시 '아주머니'로, 하대는 존대로 바뀌었다. 아들에게 데려다 달라는 비현실적인 부탁은 먹을 것을 달라는 현실적인 부탁이 되었다. 밤사이에 할머니는 계속해서 돈의 힘으로 간병인과의 관계를 재설정하려고 했다. 할머니는 돈의 힘을 알고 그 힘으로 사람을 움직이며 살아왔을지 모른다.

그러나 간병인 역시 많은 것을 알고 있었다. 움직이지 못하는 할머니의 돈, 병실에서 모든 상황을 지켜보는 눈들을 안다. 건강한 사람이 즉석에서 내어줄 수 있는 5만 원, 10만 원, 20만 원은 얼마든지 그 위력을 보여 주었을 테지만, 환자가 꽉 찬 병실에 꼼짝없이 누워 있는 수술환자 할머니의 돈은 아무 효험이 없었다. 다들 잠이 든 시간, 나는 뜬눈으로 밤을 보내며 돈의 힘과 한계에 대해 실감하고 있었다.

아침 식사 시간이 지나자 언제 털렸는지, 할머니 신상이 병실 안에 파다하게 퍼져 있었다. 나이 92세. 여관을 하신다. 돈이 많고 건강했다. 넘어지면서 다리가 부러져 응급실로 들어와 수술을 받았다. 고작 하룻밤 사이에 '~카더라' 통신에서 많은 말들이 오갔나 보다. 돈의 힘이 대단하지만, 건강을 잃는 순간 할머니의 많은 돈은 한낱 소문의 소재가 되고 말았다.

　　남편이 간병하는 나를 제외하고 병실의 4명 환자 모두 간병인이 돌보고 있었다. 내 옆 환자는 신장에 큰 문제가 있었다. 이미 15년 전 신장을 이식받고 10년 동안 문제없이 잘 지내왔는데, 5년 전 다시 신장 기능에 이상이 왔다. 그때부터 수시로 병원에 입원해야 했다.

　　딸들이 번갈아 병원에 들러 엄마와 이야기를 나눴다. 얼마든지 심란할 수 있는 상황이지만 모녀간 대화에 웃음이 끊이질 않다가, 딸이 돌아가면 환자는 어느새 잠이 든다. 하루 대부분 잠을 잔다. 스스로 움직이는 건 보지 못했다. 간병인이 대소변을 처리해 준다. 얼굴을 비롯해 피부 전체가 붉고 얇다. 몸이 많이 불편할 텐데, 많은 시간 잠을 잘 잔다. 약이 잠을 자게 한다. 피부가 붉은 건 스테로이드계 약으로 인한 부작용이다. 간병인이 알려줬다. 수면제 없으면, 심지어 수면제를 먹어도 걸핏하면 밤을 꼴딱 새워야 하는 나는 잠을 잘 자는 그분이 잠시 부러웠다.

　　이미 밤 9시를 넘겨 불 꺼진 병실에 다시 환히 불이 켜졌다. 수면제를 먹더라도 일정 시간을 넘기면 잠들지 못하는 내가, "불을 끌게요" 하면서 불을 껐다. 환자 침대마다 커튼이 쳐진 상태라 커튼 안에서 무슨 일이 있는지 알 수 없었다.

"아까 주무셔서 식사를 안 하셨단 말이에요. 지금 식사를 하고 있는데, 불을 끄면 어떻게 해요."

옆 환자의 간병인이 씩씩거리며 내게 버럭 화를 냈다. 덕분에 그날도 꼴딱 밤을 새우고 말았다. '내게도 잠잘 권리가 있답니다~' 억울한 마음이 들었다. 그러나 어쩌면, 고통 중에 있는 그분의 잠을 잠시나마 부러워한 죗값이라고 해도 될 터였다. 신장을 이식받기까지 그분의 삶이 어땠을까! 지난 5년간의 삶은 또 어땠을까! 오랜 투병 생활을 하면서 딸들과 유쾌한 대화를 나눌 수 있는 그분에게 부러움을 거두고 새삼 존경을 보냈다.

맞은편 창가의 환자는 무지외반증 수술환자로 우리 병실에서는 제일 경증이었다. 침대에서만 지내야 했지만 명랑하고 활기찼다. 그분과 간병인의 대화, 간병인끼리의 대화마저 없었다면, 병실은 죽은 사람들만 있는 듯 조용했을 것이다.

무지외반증을 수술한 환자 옆에 계신 할머니는 내가 입원해 있는 동안 한마디 말이 없었다. 의식 자체가 흐릿한 듯했다. 왜 입원해 계신지 자세한 내용은 모른다. 본인이 먼저 말하지 않으면 묻지 않는다. 관심이 없어서가 아니다. 말하고 싶지 않은 것을 말하게 하고 싶지 않다. 간병인에 의하면 그동안 집에서 요양을 해오다가 여름을 견디기 어려워 병원에 오셨다. 쿨럭쿨럭 기침을 하셨다. 가끔은 목에 기계를 넣어 가래를 뽑아냈다. 간병인도 있었으나 딸이 수시로 찾아왔다. 말하는 것을 들으니 이 병원 간호사로 근무하고 있었다. 딸이 엄마를 부르며 뭔가를 먹으라고 사정하는 듯했지만 할머니 소리는 나지 않았다. 병원 측에서는 자꾸 퇴원을 하라는데, 딸은 퇴원해서 갈 곳이 생길 때까지 봐달라고 버티고 있었다.

"아가씨, 여기 매일 오시는 아가씨도 힘들겠지만 와보지 못하는 제 마음이 더 힘들어요." 낯선 목소리가 들렸다. 할머니의 며느리다. 혹 딸의 기분이 나빠지면 다툼이 일어날 수도 있겠다 싶어 나는 마음을 졸였다. "네, 그럴 거예요. 저도 언니 마음 알아요. 저는 어차피 출퇴근하면서 오는 거잖아요." 다행스럽게도 딸은 올케의 말을 긍정해 줬다. 나 역시 며느리의 마음을 이해할 수 있었다.

20년 동안 나는 어머니의 며느리요, 30년 동안 아버님의 며느리였다. 시부모와 친정부모를 향한 마음이 같을 수는 없었다. 그러나 딸이라 해도 별수 없었다. 병원에 누워 계시다가 퇴원해 몇 달 동안 집에서 앓다 돌아가실 때까지, 친정아버지를 자주 찾아가지 못했다. 지방에 계신 데다가 내가 직장에 다닌다는 것 또한 이유가 되었다. 그때 내 심정이 그랬다.

엄마 홀로 남겨졌을 때도 마찬가지였다. 부산에 사는 언니와 함께 지내실 때는 부산 가는 길이 멀었다. 나는 이미 아픈 상태였고, 장거리 이동이 힘들었다. 자주 찾아뵙지 못하는 마음이 힘들었다. 전화 한 번 하는 것도, 그렇게 마음이 어려웠다. 가까이 있고 싶어 우리 집으로 모셔 왔지만, 마음과 달리 잘해 드리지 못했다. 요양원으로 가신 후에는 엄마를 두고 돌아오는 것이, 고려장을 지내고 오는 것 같아 힘들었다. 회를 거듭해도 도무지 익숙해지는 법이 없었다. 엄마는 분명 "그래. 어서 가. 오지 않아도 돼. 네가 돌아갈 길이 걱정스러워"라고 하셨다. 그러나 내가 요양원의 엄마 방에 얼굴을 들이미는 순간, "우리 막내 왔다"라며 손뼉을 치는 엄마의 얼굴에서, 나는 외출했다 돌아온 엄마를 맞이하는 어린애를 보아 버렸다. "이제 갈게" 하며 나서는 나를 보는 엄마의 얼굴에는 감추려 해도 숨겨지지 않는 슬픔이 보였다.

오늘 찾아온 그 며느리의 심정도 아마 내가 경험한 그 심정 언저리 아닐까 싶다. 환자만큼이나 환자의 가족도, 잘하는 사람만큼이나 잘하지 못하는 사람도 다 마음이 어렵다. 어쩔 수 없이 가족은 연결되어 있다. 모두 가련한 사람들이다.

피할 수도 있었던 불면의 밤

수술 후 7일. 악몽 같은 3일을 지낸 후부터는 그럭저럭 지낼 만했다. 어쩔 수 없이 날밤을 보낸 며칠이 있지만 또 며칠은 수면제 덕으로 잠을 잘 수 있었다. 밤이 없고 잠이 없다면 살아갈 수 있는 사람이 있을까? 밤과 낮을 두고, 절기가 있게 하고, 새해가 있어 새 출발을 결의할 수 있게 해준 신께 감사드린다. 자연스럽게 잘 수 없는 사람들이 있다. 약의 도움을 받아서라도 반드시 자야만 한다는 것이 의사들의 말이고 내 경험이다. 내게 잠은 필수다. 잠을 자지 못하면, 몸이 허물어지고 정신도 함께 무너진다.

퇴원을 이틀 앞두고, 저녁부터 배변 욕구를 느꼈다. 수술 전날 장을 비우는 약을 먹고 수술 당일 변을 본 이후 일주일 동안 변을 배설하지 않았다. 원래 변비가 있어 화장실을 잘 가지 않았다. 게다가 먹은 것도 별로 없었다. 그러니 수술 후 며칠 변을 못 봐도 그러려니 했다. 변비약을 생각하지 못했다. 배변 욕구 자체에 감사하며 화장실에 갔으나 변이 너무 굳어 있었다.

아무리 힘을 줘도 해결되지 않고 수술 부위만 터져나갈 듯 아팠다. 항생제가 변을 굳게 했다고 생각했다. 나중에 책을 읽으면서 알게 되었는데, 수술 후 몇 시간에서 며칠 동안 장 마비[*] 상태가 계속되어 변비가 올 수 있다고 한다. 복용하는 약보다 효과가 빠르다는 좌약을 넣었고 곧 여러 차례 화장실을 드나들었지만 단단하게 굳은 변이 항문을 막고 움직이지 않았다. 배변도 통증도 결국은 해결될 것이지만, '척추를 연결한 핀이 제자리에서 이탈하면 어떻게 하나?' 싶어 걱정이 되었다.

　몇 시간 동안 화장실을 들락날락하다가 새벽이 되어서야 마침내 콩알만 한 것이 나왔다. 그러고도 한참 용을 쓴 뒤에 작은 돌멩이 같은 것이 떨어졌다. 그리고 조금 더 큰 게 떨어졌다. 이제 해결이 되었다고 생각하며 안도의 숨을 내쉬었다. 그런데 변기가 막혔다. 부끄러워 상기된 얼굴로 간호사에게 이실직고했다. 이미 꼴딱 밤을 새우고 아침이 밝아 왔을 때였다.

　여러 번의 입원 때마다 밤이 고역이었다. 평소 수면에 문제가 없을 때도, 병원에서는 잠을 제대로 잔 적이 없다. 불면은 그야말로 힘들며, 척추 수술 후의 불면은 말할 수 없이 더 힘들다. 회복을 더디게 할 수밖에 없다. 변비약을 제때 사용했어야 했다. 수술 후 나같이 변비가 생기는 환자가 틀림없이 있을 것이다. 그런데 병원에서는 내게 변을 해결했는지, 언제 변을 봤는지 아무도 묻지 않았다. 수술 후엔 변비가 올 수도 있으니 신경을 쓰라고, 필요하면 변비약을 먹는 게 좋다고, 물을 많이 섭취하라고 말해 줄 수 있었는데, 아니 말해 줘야 했는데, 아무도 그렇게 하지 않았다.

"수면 상태가 좋지 않으시잖아요? 수면건강센터에서 불면 치료를 받아 보시겠어요?"

수면장애를 고쳐 보자는 전공의의 제안이 있었다. 수술 후 8일째, 퇴원을 하루 남긴 날이었다. 먹고 있는 졸피뎀과 아졸락이 의존성이 있다는 것을 이미 알고 있어서 그렇게 하기로 했다.

오후에 수면건강센터에서 의사가 찾아왔다. "불안치료를 해보기로 할게요." 그게 다였다. 더 이상의 문진도 검사도 없었다. 간호사실에 맡겨 놓은, 이미 먹어 온 약도 남아 있으니 걱정하지 않았다. 저녁에 간호사가 수면건강센터에서 처방한 약을 주었다. 효과가 나타나지 않으면 한 알 더 먹을 수 있다고 했다.

한밤중이 되어도 정신이 말똥말똥했다. 한 알을 더 먹었지만 여전했다. 잠을 못 자는 밤이면 몸은 더 아파진다. 이미 먹어 오던 약을 달라고 요청했다. 몇 번을 부탁해도 요지부동이었다. 의사 처방 없이 절대로 줄 수 없다고 했다. 이미 여러 날을 꼴딱 새운 터에 이번에는 협진 때문에 밤을 밝히고 퇴원하는 날을 맞게 되었다.

간호사도 의사도, 내게 불안 치료제를 먹고 어땠는지 묻지 않았다. 약이 맞지 않아 효과가 나타나지 않을 경우, PRN(pro re nata) 즉 '필요할 때' 먹는 약을 줄 수도 있었다. 내 경우, 내가 갖고 간 약들이 PRN이 될 수 있었다.

일 년 전, 큰손자 해가 부정맥으로 S병원에 입원했었다. 밤에 예기치 않은 상황이 생겼다. 딸이 간호사실에 상황을 말하자 간호사는 즉시 의사(당직의)에게 전화를 걸었고, 당직의는 담당 의사와 통화를 한 뒤 곧바로 처치했다고 한다. 딸이 그 상황을 설명하며 병원에 감사한 걸 나는 기억하고 있다. 그런데 내 경우, 간호사는 의사의 처방 없이 안 된다며, PRN도 허용하지 않았고, 의사에게 전화를 걸어 방도를 의논하지도 않았다. 간호사가 마치 전권을 가진 것인지, 집에서 휴식을 취하고 있는 의사에게 전화하는 것이 불경한 건지 모를 일이었다. 드라마 <슬기로운 의사 생활>에서는 집에 돌아가 있는 의사가 환자의 상황을 보고받고 병원으로 달려오기도 하는데, 그 드라마는 아무래도 판타지에 불과한 것 같다. 환자인 나만 온전히 힘들어야 했다.

협진을 의논하면서, '약이 효과를 내지 못할 경우는 어떻게 할 것인지? 그럴 경우, 이미 먹고 있던 약을 먹도록 허용할 것인지?' 등 여러 면에서 일어날 수 있는 일들을 고려해야 했다. 의사와 병원만을 믿어서는 안 되는 상황이 얼마든지 많다는 것을 알고 있어야 했다. 환자인 내가 똑똑해야 함을 깨달았을 때, 나는 이미 지칠 대로 지쳐 있었다.

장 마비와 변비

수술 후 몇 시간에서 며칠 동안 환자는 장 마비 상태로 있게 된다. 내장이 기능을 하지 못해 내용물이 점점 더 위장관 내에 쌓인다. 장 마비란 위와 내장이 기능을 하지 못하는 상태에서 내용물들이 점점 더 위장관 내에 쌓이게 되면서 일어난다. 장 마비는 좀 더 광범위한 수술에서 더 잘 발생한다. 이때 환자들은 아무것도 마시지 못하거나 먹지 못하게 되는데, 위가 채워지면 구역과 구토가 나오기 때문이다. 장 마비는 문제를 일으킬 수 있는 약물 사용을 최소화하거나, 장운동을 증가시키는 약을 변비약 등과 함께 사용함으로써 치료할 수 있다.

- 지야 L. 코카스란 외, 《허리병원 알고 갑시다》(시그마북스), 203쪽 참고.

퇴원은 고통의 서막이었다,
'식사 준비는 누가 하라는 거야?'

"오늘 퇴원하시죠?" 아침마다 병실에 와서 드레싱을 해주던 의사가 들어와 수술 부위의 실밥을 뽑고 나갔다.

이어서 담당의가 들어왔다. "조희선 씨, 오늘 퇴원하세요. 수술은 잘됐으니 좋아지실 거예요. 석 달 뒤에 뵙지요."

이번에는 간호사가 들어왔다. "조희선 씨, 퇴원하시지요? 원무과에서 연락이 오면 내려가서 수납하시면 됩니다. … 수면센터에 예약해 드릴까요? 약은 드릴까요?" 약의 효과에 대해 단 한 번도 물은 적이 없는데, 약을 줄지 말지 병원 예약을 할지 말지 묻는 일은 잊지 않았다. 약은 거절했고 수면센터 예약은 해달라고 했다. 간호사는 매뉴얼에 따라 기계적으로 움직이는 게 거의 확실했다. 그리고 그 간호사의 오더가 떨어지면서 퇴원을 위한 실질적인 움직임이 시작되었다. 이 또한 매뉴얼인 것이다.

병원에 올 때 입고 온 내 옷을 남편이 서툰 손놀림으로 입혔다. 입원할 때 가져온 짐들을 주섬주섬 챙기고 원무과의 호출을 기다렸다. '정말 퇴원해도 되는 걸까?', '이 상태로 차를 탈 수 있을까?', '병원에 있는 동안 의자에 앉을 수 없었는데, 자동차 의자에 앉을 수 있을까? 집까지 가도 괜찮을까?'

어느 병원에서든 원무과의 호출이 오기까지 통상 두 시간은 걸린다. 이번에도 어김없이 두 시간쯤 기다렸다. 회진이 끝나고 10시가 채 안 된 때부터 준비하고 기다렸는데, 12시가 되어서야 원무과의 호출이 왔다. 병원비를 계산하고 나면 정말 퇴원이다.

남편이 원무과에 내려가 퇴원비를 정산하고 올라왔다. 2년 전 척추전문병원에서 고작 30분도 안 되는 시술, 하루 입원에 무려 5,959,000원을 내고 퇴원했다. 돌이킬 수 없는 끔찍한 통증의 세계로 나를 들이민 시술이었다. 그런데 이번에는 MRI 촬영, 준비 시간까지 포함 5시간이 넘는 수술, 열흘간의 입원과 돌봄, 거기에 한 달 동안 먹을 퇴원 약까지 포함해 200만 원이 채 안 되었다. 의료보험제도 덕분이다.

비보험을 적용하는 병원의 시술비는 일관성이 없다. 같은 시술에도 몇십만 원에서 몇백만 원까지 병원이 마음대로 정한다. 숙련도 차이라고 하면 제재가 불가하다고 한다. 환자들은 매우 비현실적인 비용을 힘들게 부담하거나, 실비보험의 혜택에 무한 감사하며 위험에 처할 수도 있는 상황으로 자신의 몸을 밀어 넣곤 한다.

"퇴원 약, 한 달분입니다. 변비약 ○○○○를 원하셨지요. 넣어 드렸습니다. 석 달 뒤에 외래로 방문하세요. 일주일 뒤에 샤워하실 수 있고요. 샤워하시는 동안에도 반드시 보조기를 착용하셔야 합니다. 침대에 누워 있는 동안, 그리고 주무시다가 화장실에 잠깐 가실 때 외에는 무조건 보조기를 착용하셔야 합니다. 3개월 동안입니다. 대중탕은 한 달이 지나야 가실 수 있습니다. 혹시 무슨 일이 있으면 이 번호로 전화 주시고요."

간호사가 퇴원 약과 주의사항이 적힌 유인물을 내밀며 설명하는 동안 '한 달 후에 대중탕을 갈 수 있다면 회복이 그리 어렵지는 않은가 보다' 추측했다. 그러나 이 간호사가 말해 준 퇴원 설명 중 일부는 내게 해당하지 않는다는 걸 나중에야 알게 되었다.

남은 환자들에게 인사를 남기고 병실을 나섰다. 나는 참을성이 많은 편이다. 사람들이 나로 인해 힘들게 하지 않으려고 애를 많이 쓴다. 웬만큼 아픈 건 말하지 않는다. 하지만 이번 병원 생활에서는 부작용으로 힘들어 간호사를 자주 불렀다. 퇴원 이틀 전 변기를 막았고, 전날에는 수면제를 달라고 졸랐다.

"저 때문에 힘드셨지요?" 간호사실에 가서 퇴원 인사를 하며 미안한 마음을 전했다. "조희선 씨 같은 환자가 있어서 힘들어요"라는 답이 돌아왔다. 차가운 대답에 미안해하던 마음이 괘씸한 마음으로 변했다. 사과도 너무 쉽게 하는 게 아니다.

준비해 간 보행기를 의지해 지하주차장으로 내려왔다. 8월 2일 한여름이다. 주차장이 푹푹 쪘다. 8월의 무더위부터가 고통의 서막임을 알려 주고 있었다. 집으로 오는 시간은 차로 30분이 채 안 되었다. 뒷좌석에 앉아 이동하는 동안은 참을 만했다. 차에서 내리는 순간 엉덩이를 떼어내는 것 같은 참기 어려운 통증이 있었다. 엘리베이터를 타고 집으로 들어오는 동안 다시 견딜 만해졌다.

'이제 집이다!' 앞으로의 생활이 염려스럽지 않은 건 아니지만 일단 좋았다. 보조기를 풀고 침대에 누웠다. 남편은 짐을 정리했다. 오후 2시가 다 되었다. 남편은 짐을 정리하고 또 무엇을 하는지, 점심 차릴 생각은 하지 않는 듯 보였다. '뭐야. 설마 나한테 점심을 기대하는 거야?' 남편을 향해 짜증이 솟았다. 식욕이 없지만, 병원에서도 별로 먹지 않았지만, 그래도 이건 아니지 싶어 심정이 뒤틀렸다.

그러나 남편에게 식사를 차려 달라고 먼저 말하고 싶지는 않았다. 내가 없을 때면 라면이나 빵으로 식사를 하는 남편은 라면 외에는 할 줄 아는 요리가 없다. 아내가 없을 때 혼자서 라면과 빵을 차려 먹는 자신을 '좋은 남편'으로 생각하는 사람이다. 우리는 워낙에 아침을 제대로 해 먹지 않았다. 각자 알아서 과일이나 빵과 함께 커피나 두유를 마시는 것이 식사 패턴이었다. 둘 다 일을 하던 때는 밖에서 점심을 먹게 되고, 저녁도 각자 알아서 먹고 들어오거나 간단식을 해온 것이 문제였다. 은퇴하고 집에 머물러 온 2년 반 동안 점심은 같이 먹었지만, 준비는 언제나 내 책임이었다.

거실로 나오려 침대에서 일어나는데 허리와 무릎에 힘이 많이 들어갔다. 한 손으로 방문 손잡이를, 다른 팔로 보행기를 잡고서야 겨우 일어나지면서 병원에서 느낄 수 없던 신체적 부담을 느껴야 했다. 소파에 앉으려고 했지만 앉을 수 없었다. 20년 된 소파의 주저앉은 쿠션과 낮은 높이가 힘들게 했다. 식탁 의자도 내게 맞지 않았다. 하지만 어떤 통증도 나중 문제였다. '고정핀이 잘 버텨 줄까? 위치가 변형되지는 않을까?' 하는 근심이 더 컸다.

별수 없이 다시 침대에 누웠다. 짐 정리를 끝낸 남편이 예전에 사용하다 벽 한구석에 세워 놓은 책상 원목 상판을 찾아내어 푹신한 소파 위에 올려놓고 면 패드를 깔고 나를 불렀다. 나를 위해 전전긍긍하는 남편의 행위들이 모두 부질없는 짓으로 보였다. 마음 안에 용암이 끓어올랐지만, 남편이 이끄는 대로 소파에 앉았다. "안 된다고, 너무 아프다고." 어떻게든 앉을 수 있게 해보려는, 죄 없는 남편의 팔에 의지해 짜증을 내며 일어났다. 남편이 이번에는 누워 보라고 했다. 남편에게 또 짜증을 부리며 가까스로 누웠다. 20년 된 소파는 폭이 좁아, 마음대로 움직일 수 없는 불편한 몸을 더 꼼짝할 수 없게 했다. 근처에 잡을 만한 것도 없어 혼자서는 일어날 수도 없었다. 다시 남편의 도움으로 힘들게 일어날 수 있었다.

도움이 되지 않는 수고를 한바탕 치른 후에야 남편이 점심으로 보신탕을 사 오겠다고 했다. 내가 입에 대지 않는 음식이다. 보신탕이 건강 회복에 좋으니 제발 먹어 보라고 졸랐지만, 나의 완강함에 결국 김밥과 비빔밥을 사 들고 왔다. '저녁은 어떻게 할 건데?' 뒤틀린 심사는 쓸데없는 생각을 앞당겼다.

늦은 점심을 먹고 잠깐 아파트 마당으로 나가 걷고 들어왔다. 심술을 부렸지만, 남편이 곁에 있어 든든했다. 내 짜증을 다 받아내는 남편이 실은 고마웠다. 딱히 짜증 낼 대상이 남편밖에 없었다. 병원에 있는 동안 동서가 사 왔던, 먹고 남은 복숭아로 저녁을 먹었다. 심술만 아니면 그거로 족했다. 늦게 퇴근해 들어온 작은딸도 엄마의 식사에는 관심이 없었다. 이것저것 모든 것이 섭섭했다. 그렇다고 겉으로 불평하지는 않았다. 남편도

딸도, 나 때문에 힘든 날을 보내고 있다는 것을 나는 충분히 알고 있었다.

집은 병원과 달리 모든 게 불편했다. 다시 병실이 그리웠다. 그곳은 화장실에 안전 손잡이가 있고 시원했다. 그곳 침대는 오르내릴 때 허리와 무릎에 아무런 부담이 없다. 몸이 좋지 않을수록 더위와 추위에, 게다가 소리에 민감하다. 집에 있는 구형 에어컨이 십수 년 동안 거의 쉬다가 나를 위해 열심히 돌아갔다. 그렇지만 성능도 약한 데다 내 방이 아닌 거실에서 요란한 소리를 내며 돌아갔다. 나를 조금이라도 시원하게 해주려고 남편이 머리를 굴렸다. 거실에서 방으로 에어컨 바람을 끌어들이기 위해 선풍기를 방문 앞에 놓으니, 더위를 견딜 만큼의 찬바람이 들어왔다.

남편의 애씀에도 불구하고 어디 한 군데 아프지 않은 곳이 없고 어디에도 앉을 수 있는 몸이 더는 버티기 힘들었다. 퇴원이 너무 빨랐다. 나는 다른 수술환자보다 이틀 더 늦게 걷기 시작했지만 병원의 행정 처리는 그야말로 환자 상태와 무관하게 일률적이었다.

수면제 먹을 시간만 기다렸다. 사실 수면제를 먹어도 편히 잠들지 못했다. 허리에 이어 목이 나를 괴롭혀 온 지 오래였다.

침대 위에 베개가 여럿이다. 이 베개 저 베개 번갈아 목 아래 넣다 보면 수면제가 몸속에 퍼지고 잠이 든다. 고통이 잦아든다.

집에 돌아온 첫날 밤, 오픈 스포츠카를 타고 무서울 정도로 쌩쌩 달렸다. 공중에 뜰 정도로 빠른 속도였다. 지하주차장 같은 곳에서 빠져나와 고속질주를 했다. 세상은 캄캄한 밤인데 화려한 불빛들이 번쩍번쩍했다. 몸은 전혀 아프지 않아도 너무 빨리 달려 무서웠다. 꿈이었다. 꿈을 꾸면서도 환각제를 먹은 것 같다고 생각했다. 어쩌면 앞으로 환각제를 먹은 것같이 이상한 행동을 하게 될 수도 있다는 생각이 들어 불안했다. 지금도 그 광경이 생생한 건 왜일까.

퇴원 후, 하루하루가 한결같이 힘들게 반복되었다. 날은 계속 더워만 갔고, 아픈 건 전혀 나아지지 않았다. 자는 시간과 등교 시간, 출퇴근 시간을 제외한 시간 전부를 앉아서 생활해 왔으니 어디에도 앉을 수 없는 게 제일 힘들었다. 낮이면 남편과 함께 걸으러 나가고, 밤이 되면 수면제를 먹을 수 있어 그 힘으로 밤잠을 자는 것만이 위안이었다.

그래도 2주를 맞으면서 일보 전진을 마련했다. '이제는 정말로 해도 되겠지.' 퇴원 후 일주일이 지나면 된다 했지만, 혹시 모르니 조금만 더 참자 참자 하며 미뤄 온 샤워를 하기로 했다.

퇴원 2주 만이었다. 욕조에 들어가 선 채로 척추보호대를 떼어내고 보행기를 잡았다. 웃옷은 내가 벗고, 몸을 굽힐 수 없는 나 대신 남편이 아래옷을 벗겨줬다.

보호대 없이 오로지 혼자만의 힘으로 서자, 비로소 동강 난 몸의 느낌이 고스란히 다가왔다. 그 느낌이란 '스카치테이프로 겨우 붙어 있는 부러진 나무젓가락'이었다. 스카치테이프에 의지해 음식을 잡아 보려고 하지만, 제대로 음식을 잡지 못하고 휘청거리는 무력하기만 한 부러진 나무젓가락. 그게 딱 나였다. 스카치테이프 대신 나사못이 아래 뼈와 위 뼈를 연결해서 붙잡아 주고 있으나 전혀 힘을 쓰지 못했다. 내 척추는 언제라도 꺾일 수 있었다. 불편하기 짝이 없는 척추보호대를 반드시 착용해야 하는 이유였다. '3개월!'과 '척추보호대!'를 상기하며 나는 보행기를 꽉~ 붙잡고 섰고, 남편은 비누 거품을 내어 내 몸을 닦았다. 평생 남의 살을 닦아 보지 못한 남편의 손은 어설프기 짝이 없었다. 그렇게 시작한 샤워를 반복하면서, 스카치테이프에 의지한 부러진 나무젓가락의 느낌에 조금씩 적응해 갔다.

퇴원하고 하루를 버틸 수 있을까 싶었지만, 19일을 넘긴 8월 21일, 내 생일이 되었다. 큰딸네 네 식구가 왔다. 퇴원 후 처음이다. 내 몸이 힘드니 우울했고, 우울한 모습을 아이들에게 보이고 싶지 않았다. 아이들 역시, 어린것들이 부산스러워 할머니를 힘들게 할까 봐 그때까지 참고 오지 않았다. 양장피, 삼선간짜장, 짬뽕과 짜장면, 그리고 탕수육에 볶음밥. 중국집에서 배달 온 음식을 식탁 위에 늘어놓고 모처럼 시끌벅적하게 웃으며 시간을 보냈다.

식사 후에는 방에 있는 내 침대를 거실로 옮겼다. 원목으로 된 무거운 침대를 남편 혼자서는 도저히 옮길 수 없었다. 사위와 딸이 전동드릴을 가져와 침대를 해체했고, 해체한 침대를 남편과 사위가 거실로 옮긴 후 다시 조립했다. 소파 자리에 침대를 놓았고 그 옆으로 소파를 옮겼다. 에어컨을 켰지만 비 오듯 땀이 흘렀다. 생일이 핑계가 되어 쉽지 않은 큰일을 치를 수 있었다. 젊은 시절, 남편이 없어도 이런저런 가구를 나 혼자 옮겨놓곤 했다. 남편 역시 그랬다. 그러나 이제 나는 내 몸 하나 건사할 수 없게 되었고, 남편 역시 젊지 않았다.

오후 5시만 되면 더는 버틸 수 없이 지쳤다. 침대에 누워야만 했다. 하지만 이날은 초저녁을 넘겨 큰딸네 식구가 돌아갈 때까지 지치지 않았다. 모처럼 즐거운 날이 그렇게 왔다 갔다.

별별 짜증 별별 두려움,
'나 치매 걸리는 거 아닐까?'

거실로 이사를 오니 방에 혼자 누워 있을 때와는 달리, 고립되지 않았다. 내가 침대에 누워 있는 동안, 남편이 침대 옆 소파에 앉아 있었다. 에어컨 있는 거실은 더위도 덜했다. 그 대신 에어컨 소리가 귀에 거슬리고 형광등 불빛 때문에 눈이 피곤했다.

여전히 끙끙 앓는 소리를 내야 할 만큼 심하게 아팠다. 앓는 소리를 내면 통증이 조금은 덜해졌다. 그래서 환자들이 끙끙 앓는 소리를 내는 거라는 걸 이때 알게 되었다. 신체에서 분비되는 호르몬의 영향으로 잠을 자면 좋으련만 여전히 약에 의지해 힘들게 잠이 들었다. 아침과 저녁, 하루 두 번 먹는 퇴원 약 외에 수면제 졸피뎀과 신경안정제 아졸락을 먹어야 했다. 9시에 먹고 불을 끈다. 10시 안으로 잠들어야 한다. 늦게 자고 늦게 일어나는 남편은 별수 없이 9시가 되면 무조건 불을 끄고 방으로 들어가야 했다. 남편이 밤 인사로 볼에 입을 맞추고 잘 자라며 인사했다. 아프면서부터 부부간에 애틋한 습관이 생겼다.

남편은 여전히 끼니를 사 왔다. 어제는 김밥, 오늘은 오므라이스, 내일은 비빔밥? 어느 날은 억지로라도 먹어야 한다며 결국 보신탕을 사 오기도 했다. 몸에 좋다고 하니 회복을 위해서, 성의를 생각해서, 한두 번 억지로 먹었다. 이후로는 목으로 넘어가지 않았다. 장어로 몸보신을 해야 한다고, 파주 반구정에 있는 장어집에 가자고 수차례 졸랐다. 장어도 그다지 좋아하지 않지만, 그보다 나에게 외출이 얼마나 힘든 일인지 알아채지 못하는 것 같아 남편에게 짜증이 났다. 나를 위한 부탁이건만 고집스럽게 단 한 번도 가지 않았다.

누워 있는 것도 고역이고 앉아 있을 수도 없으니, 걷는 수밖에 없었다. 뜨거운 여름 해에도 불구하고 남편과 함께 집 가까이 있는 농협까지 진출했다. 10분이면 갈 만한 곳을 30분은 걸려서 갔다. 횡단보도에 초록 불이 켜져 있는 동안, 길을 다 건너기가 힘들었다. 몸에 두른 척추보호대가 '나는 환자입니다'라고 남편과 나 대신 말해 줘서 안심하고 건널 수 있었다. 아픈 중에도, 먹고 싶은 게 없다고 하면서도, 그곳 농협에서 간식과 식품을 구경하고, 고르고, 사 오는 게 유일한 낙이었다. 그곳에서 통증을, 아픈 몸을 잠시 잊을 수 있었다.

병원에 가려면 아직 두 달이나 남았을 때, 병원에 전화를 걸어 진료 예약을 했다. 낮에는 그런대로 견디겠는데, 저녁이 되면서 등에 찾아오는 통증을 참기 어려웠다. 퇴원한 후로 나아지기는커녕 갈수록 심해지고 있었다. 잠들기까지 신음을 그칠 수 없었다.

남편이 다리를 주물러 주었지만, 등의 통증은 어떻게 해줄 수가 없었다. 잠들기를 기다리는 것 외에는 수술한 곳만 아니라, 척추뼈 마디마디가 끊어내는 것같이 아팠다. 밤새 통증으로 고생하다가 수면제의 도움으로 그래도 잠을 자고, 아침이 되면 한결 나아졌다. '혹시 척추보호대에 문제가 있는 건 아닌가?' 의심스러웠다.

병원으로 가는 동안 남편의 운전이 평소와 달랐다. 거칠었던 운전이 몹시 얌전해졌다. 차가 바닥에서 튈 때마다 내가 아프하니 조심조심 운전했다. 병원에 도착, 남편이 X-Ray 촬영실에도 따라 들어와 옷을 갈아 입혀 줬다.

"이상 없습니다. 석 달 될 때 오시기로 되어 있지요. 그때 뵙지요."

"너무 아픈데요. 옆으로 돌아누울 때마다 허리가 아프고요. 특히 척추보조대 때문인지 등과 전신이 엄청 아프고 점점 더 아파져요."

"수술은 잘됐고 상태도 좋게 유지되고 있습니다. 허리 부분

2부 몸을 돌아보는 시간

이 아픈 건 골반뼈를 떼어냈기 때문이에요. 온찜질을 자주 해 주세요. 보조대를 하고 있어야 사이에 낀 골반뼈가 붙습니다. 보조대를 부드러운 천으로 감아 보시지요."

간호사가 예약을 잡아 주며 보조대와 등 사이로 손을 넣으며 다시 말했다.

"등에 살이 없으셔서 더 아프신 거예요. 붕대로 감으세요."

간호사의 작은 친절이 고맙게 느껴졌다. 차에서 내리는데 골반이 떨어져 나가는 듯한 아픔이 여전했다. 붕대를 감아도, 심지어 뽁뽁이를 감아도 척추보호대는 여전히 나를 힘들게 했다. 그러나 두 달만 버티면 3개월. 그때면 척추보호대를 뗀다. 아자아자!

며칠 후 길을 건너서 사무용품을 파는 곳에 갔다. 규모가 꽤 컸다. 사려는 물건을 찾지 못하겠다고 하자, 직원이 지하실로 남편을 데리고 내려갔다. 다시 올라온 직원의 얼굴은 보이는데 남편은 한참이 지나도 올라오지 않았다. 그 순간, 내가 발 딛고 서 있는 공간이 실제가 아니라 나 혼자만의 의식으로 만들어 낸 가상공간처럼 느껴졌다. 그리고 드라마 한 편이 생각났다. 김래원이 박지형 역을 맡고 수애가 이서연 역을 맡아 열연한 치매 드라마 <천일의 약속>이. 드라마를 통해, 말로만 듣던 치매를 간접적으로나마 접할 수 있었다. 주인공 이서연은 중요한 약속을 갑자기 잊고, 무슨 일을 해야 할지, 자신이 어디에 있는지, 집이 어딘지, 기억을 잃기도 했다. 박지형(김래원 분)이 차려 준 카레를 손으로 먹고, 자신이 낳은 7개월 된 아기를 떨어뜨릴까 봐 안지도 못했다. 옷도 벗지 않고 욕조에 들어가 있기도 했다. 태어나 처음 접한 치매 드라마라 그 장면들이 생생했다. 내게도 한순간 기억이 하얗게 바래어 버리는 일이 일어날 것 같았다. 내가 가야 할 곳, 내 신분 등 모든 것이 하얗게 되어 걸음도 제대로 걷지 못하며 어정쩡한 자세로 불안과 두려움에 떨며 서 있게 되는 상황이 연상되었다.

몸이 약하면, 정신이 무너진다. 몸과 정신은 철저히 하나다. 맥락 없는 두려움에 사로잡혔을 때, 매장 한구석에서 남편이 나타났다. 나는 안전했다.

수술 후 3개월, 척추보호대여, 안녕~

2016년 10월 13일. 병원에 가기로 되어 있던 날이다. 수술한 지 3개월이 되려면 12일 더 있어야 했다. '골반뼈가 붙었겠지? 아직 안 붙었으면 어쩌지? 딱 3개월이 차는 날로 병원 예약을 잡을 걸 그랬나?' 기대 반 불안 반으로 병원에 도착해 X-ray를 찍었다. 진료실에 마주 앉은 의사의 표정을 살폈다.

"이제 보조대 하지 않으셔도 됩니다. 상태 좋고요. 6개월 뒤에 뵙죠."

조마조마했던 마음이 들뜬 마음으로 바뀌었다.

"이제부터 대중탕에 가셔도 돼요."

간호사가 6개월 뒤로 예약을 잡아 주면서 하는 말에 놀랄 수밖에 없었다. 퇴원 설명을 한 간호사는 분명히 한 달 뒤에 대중탕을 갈 수 있다고 했다. 퇴원설명서에도 그렇게 적혀 있었다. 대중탕에 가고 싶은 마음이 굴뚝같았지만, 그저 몸 상태가 허락하지 않아서 못 갔다. '안 가기를 잘했군. 다행이야' 하는 안도감과 함께 '대중탕에 갔으면 큰일 날 뻔했네' 하며 가슴을 쓸어

내렸다. 이어서 병원을 향한 분노가 올라왔다. 퇴원할 때 간호사는 "대중탕은 한 달 뒤에 가실 수 있습니다"라고 했는데, 외래 진료실 간호사가 이 말을 한 날은 퇴원 후 3개월이 다 되어서였다. 생각해 보면, 누워 있거나 밤중에 자다가 일어나 화장실 가는 동안을 제외한 모든 시간, 모든 경우에 척추보호대를 해야 하는 3개월 동안 대중탕에 간다는 것 자체가 말이 안 되는 일이었다.

'자신의 병에 대해 자신이 알고 있어야 한다. 자신의 몸을 다른 누가 책임질 수 없다'라는 사실은 아무리 강조해도 지나치지 않다.

집에 와서 보조대를 떼어 의자에 놓고 사진을 찍어 페이스북에 올렸다. "보호대여, 이제 안녕!" 그동안 나를 보호해 줬지만, 정말로 나를 아프게 했던 척추보호대와의 인연이 정말 마지막이길 바라며 작별을 고했다. 그리고 홀가분하게 발걸음을 뗐었다.

헉~. 휘청~.

처음 샤워했던 그때의 감각, 바로 그 감각이 여전했다. 스카치테이프로 겨우 붙어 있는 부러진 나무젓가락은 그대로였다. 겁이 났다. '의사가 붙었다잖아' 하며 마음을 안정시키고 의심을 거두기로 했다. 시간이 해결해 줄 것이다.

다음 날 아침 일찍, 아직 자는 남편을 깨우기가 번거로워 혼자 집을 나섰다. 척추보호대도 보행보조기도 없다. 과거 경험에 의하면 나는 의식을 잃고 쓰러질 수도 있다. 핸드폰과 함께 신분증을 챙겨 넣었다. 만약의 경우에 나를 지켜 줄 유일한 물건이었다. 내가 쓰러지면 혹은 의식을 잃으면, 누군가가 신분증이나 핸드폰 정보로 집에 연락하게 할 요량이었다.

아파트 둘레를 걸었다. 아래위가 따로 움직였다. 큰 키가 부담스럽게 휘청거렸다. 누군가와 부딪힐까 봐 두려워 사람들을 피했다. 아파트 둘레길 끝에 중학교가 있다. 성글게 세워진 쇠기둥으로 둘러쳐진 담장 사이로 학교가 훤히 들여다보였다. 이른 아침인데 운동장에서 공을 차며 노는 학생들이 보였다. 공이 담장을 향해 날아올까 싶어 몸이 긴장했다. 혹시라도 공이 밖으로 튀어나온다면, 나랑 부딪힌다면, 나는 곧바로 중심을 잃고 넘어져 일어나지 못할 터였다. 조심스럽게, 다리에 힘을 주고, 조금은 빠르게 걸음을 옮겼다. 조금 떨어져 있는 외국인 학교 담장 안에는 그물이 쳐져 있었다. 그제야 그물의 필요성을 깨달았다. 내가 알지 못하는 이런 배려 시설이 참 많을 것이고 장애로 인해 기울어진 운동장에 있는 사람들이 그만큼 많을 것이다.

아침 일찍, 점심 식사 후, 그리고 초저녁. 세 번을 걸었다. 약간의 바람에도 몸이 휘청거렸다. 한 달 정도 지나면서부터 다행히 몸이 휘청거리지 않았다. 뼈가 제대로 붙는 걸 몸으로 느낄 수 있는 게 신기했다. 여전히 수면제로 잠을 청했고, 목에 맞는 베개가 없어 애를 먹고 있었지만, 보호대를 떼고 걷는 시간이 늘면서 등의 통증도 줄어들었다. 시간은 흐를 것이고, 몸은 시간과 함께 회복할 터였다.

수술 후 4개월, 갈 길은 멀고도 멀었다

가을이 되면서부터 피부가 건조해졌다. 근육이라고는 '1'도 없는 허벅지에 쭈글쭈글 주름이 접히고 흰 비듬이 들러붙은 게 오래다. 지렁이 움직이는 것 같은 남편의 손길에 의지해, 비누질만 해온 몸이 볼썽사나웠다. 요양원에 가시기 전의 엄마와 모든 게 똑같았다.

허옇게 일어나는 비듬을 엄마는 끔찍하게 싫어했다. 열심히 로션을 바르는 엄마를 바라보며, '아흔 노인께서 뭐 그리 로션을 바르실까?' 했는데, 나 역시 허연 비듬이 끔찍했다. '엄마를 그렇게 이해하지 못했다니.' 엄마에게 미안했다. 로션을 바른후 보행기 다리를 잡고 온몸을 부르르 떨며 애써 일어서시던 엄마를 떠올리며, 엄마가 그렇게 붙잡았던 보행기를 내가 썼다.

"도저히 못 참겠어. 목욕탕에 갈래." 나는 목욕을 결심했다. "아직 안 돼. 위험해." "전에 병원 갔을 때 목욕해도 된다고 했잖아. 그러고도 한 달이 더 지났어. 조심할게. ○○○랑 갈

게." "○○○아. 조심해야 해. 엄마 잘 봐야 한다." 남편과 실랑이를 벌이고 작은딸과 대중탕으로 향했지만 나 역시 불안했다. 목욕 의자 세 개를 포개니 그래도 앉을 만한 높이가 되었다. 목욕을 좋아한 엄마 생각이 나서 마음이 아팠다. 부산 언니와 함께 사실 땐 일주일에 한 번 목욕탕에 가셨고, 언니가 때를 밀어주는 시간을 즐기셨다. 그렇게 목욕을 좋아하던 엄마와 일 년을 함께 사는 동안 딱 한 번 목욕탕에 같이 갔을 뿐이다. 그 한 번이 다였다. 엄마를 붙잡아 줄 힘이 내게 없었다. 요양원으로 옮기시고도 엄마는 목욕할 수 없었다. "여기선 물만 끼얹어" 하시던 엄마는 시간이 지나면서 그 말조차 하지 않으셨다.

대충 때를 밀었다. 최소한 허연 비듬은 사라졌겠지 싶어 만족하기로 했다. 온탕에서 하는 반신욕이 좋다고 어디선가 들은 것 같아 온탕에 들어갔다. 그런데 얼마 안 되어 속이 울렁거렸다. 탕에서 빠져나오려는데 어지럼이 몰려왔다.

"어이구 어쩌나, 다치지 않았을까?" 웅성거리는 소리에 눈을 떴다. 친절한 사람들이 자신의 목욕 방석을 가지고 와서 내 몸 아래 끼워 넣었다. 딸의 눈이 내 얼굴 위에서 나를 바라보고 있었다. "괜찮아? 엄마가 쓰러지고 있어서 내가 얼른 머리를 받쳤어." 나는 "응. 괜찮아"라고 하면서 '허리가 무사할까?' 염려하고 있었다. 더는 어지럽지 않았다. 그래도 안정을 취하려고 조금 더 누운 상태에서 '어떻게 일어나지? 일어날 수 있을까?' 걱정했는데, 결국은 일어나졌다. 그날부터 계속해서 꼬리뼈가 아팠다. 동네 정형외과에서 물리치료를 받았으나 아무런 소용이 없었다. 목욕탕 사건이 있고 다시 힘들어지면서 회복에 대한 희망이 꺾였다. 아프다고 일일이 말하기도 미안했다. 말해 봤자 걱정만 하지, 내가 어떻게 아픈지 알 리가 없었다.

수술 후 5개월, 2016년 12월 말이다. 추위가 매서웠다. 샤워 후 침대에 누웠는데 어지럽고 울렁거렸다. 오한이 시작되며 온몸이 떨렸다. 좌우 팔이 통제할 수 없을 정도로 떨었고 온몸이 같이 떨었다. 어지럼증과 울렁거림 또한 갈수록 심해지면서 속에 있는 모든 것을 침대와 거실 바닥에 게워 냈다. 그러고도 가라앉지 않았다. 119가 왔다. 구급대원들의 세심함이 아픈 중에도 느껴졌다. 수술받은 대학병원 응급실에 도착했다. 언제나 그렇듯 고맙다는 인사조차 하지 못했는데 구급대원들은 또 그렇게 사라졌다. 친절을 베풀고 인사 한번 제대로 받지 않고 사라지는 119 구급대원들께 늘 빚진 마음이다.

응급실은 만원이었고, 침대는 모두 차 있었다. 가득하게 응급실을 채운 리클라이너 소파로 옮겨졌다. 뇌에 금이 가서 그럴 수도 있다며 MRI를 촬영한다고 했다. MRI 촬영 시 몸을 움직이면 안 된다. 혹시 몸이 떨리면 어쩌나 불안했지만, 무사히 촬영이 끝났다. 역시 아무런 이상이 없었다. 링거를 맞고 안정되었다. 남편의 연락을 받고 작은딸이 병원으로 왔다. 한바탕 난리를 치르고 상황은 종료되었다. 급하게 구급차를 타고 오느라 옷차림은 가벼웠고 신발도 신지 않았다. 매섭게 추운 날, 남편이 자신의 옷과 신발을 내게 내주었다. 집으로 돌아와 남편과 작은딸이 내가 토해낸 배설물을 치우고 침대 시트를 가는 소란을 떨고 나서야 나는 잠자리에 들 수 있었다.

새삼스러운 일은 아니지만, 이런 일이 반복될 때마다 다들 고생스럽다. 응급실 소동 며칠 뒤, 이번에는 끓인 물이 들어 있는 커피포트를 들다가 갑자기 정신을 잃고 넘어졌다. 아주 잠시, 순간적으로 정신을 잃었던 것 같다. 눈을 뜨니 남편과 작은딸이 나를 내려다보고 있었다. "아~ 정말 당신은 왜 그런 거야?" "엄마, 정말 왜 그래?" 남편과 딸의 얼굴에 근심이 역력했다. "진짜 조심해!" "뜨거운 물이 쏟아졌으면 어떻게 됐겠어?"

두 사람이 쌍으로 난리를 치는데, '갑자기 나도 모르게 정신을 놓은 채 저세상으로 가도 좋을 텐데~' 하는 생각이 불쑥 들었다.

내 상태에 대한 질문 목록을 준비했어야 했다

수술한 지도 6개월이 지났다. 회복될 듯했던 몸이 다시 통증으로 빠져들었다. 혼자서는 도저히 나을 수 없을 것 같아 재활병원을 검색했다. 내가 수술받은 대학병원과 연계된 곳이 있었다. 그 병원 정형외과 의사로 있다가 개원한 재활병원이었다. 집에서도 그리 멀지 않았다. 전화를 걸어 상황을 말하고 입원하겠다고 했다. 그런데 너무 늦었다. 수술 3개월이 지나면 입원 치료*가 불가능하다고 했다. 수술 후 곧장 집으로 오는 게 아니었다는 무익한 후회를 했다.

수술 후 바로 재활병원에 입원한 사람을 수술 전 이미 알고 있었다. 그분이 수술 후 일 년쯤 되었을 때, 언제 아팠냐는 듯 날아다닌다는 말을 친구에게서 듣고 나도 수술을 결심할 수 있었다. 척추 수술에 대한 정보를 얻기 위해 인터넷을 뒤질 때, 재활병원에서 치료를 잘 받고 있다고 웃으며 찍은 어떤 환자의 동영상을 몇 개 보기도 했다. 수술 후 3개월은 나도 재활병원에 있어야겠다는 생각을 하고 있었다. 그러나 입원 기간이 열흘이라고 했고, 병원에서 재활병원이나 다른 치료를 이야기해 주지 않았다. 그냥 잘 걷기만 하면 된다고 했다. 그래서 회복 기간이 그리 길지 않고, 회복하는 데 어려움이 없나 보다 생각했다. 퇴원 전, 전공의가 찾아와 "집으로 퇴원하실 건가요?"라고 물을 때, 나는 그 진의를 파악하지 못했다. 집으로 갈 건지 재활병원으로 갈 건지 선택하라는 말인 줄 그때는 몰랐다.

수술 후 3개월이 가장 중요하다는 사실을 나는 분명하게 감지하고 있었다. 퇴원할 당시의 척추뼈와 디스크 대용의 골반뼈는 고작 나사못으로 고정되어 있을 뿐이었다. 전혀 붙어 있는 상태가 아니었다. 그래서 허리에 힘을 줘야 할 때마다 '혹 위치가 변형되면 어떻게 하지?' 걱정했다. 이전에 했던 수술과는 분명히 다른 위험성이 있음을 알고 있었다.

그런데 매사에 덤벙거리는 나는 꼼꼼하게 묻지 않았다. 수술 전에는 분명히 수술 후 재활병원에 가서 안전하게 치료받고 나와야겠다고 생각했는데, 아무 설명 없이 "집으로 퇴원하실 건가요?" 하는 질문을 받고는 "예" 하고 그대로 집으로 왔다. 나의 어리석음이었고, 병원의 무성의함이었다. 재활병원과의 전화를 끊고 난 뒤, 나는 나 자신의 어처구니없는 모자람에 가슴 아파해야 했다.

척추 수술을 받은 친구 엄마가 있다며 두 딸이 친구들에게 전화를 걸었다. 그 엄마들도 회복이 되질 않아 동네 정형외과에 가서 입원했다고 했다. 그때 '일반 정형외과에라도 입원해야 할까?' 하는 생각이 잠시 들었다. 하지만 좁은 병원에서 걷지도 못한 채 생활하면 회복이 더 더딜 수도 있다는 생각에 입원을 포기했다. 글을 쓰는 지금 '단 일주일이라도 입원 치료를 받았다면, 이곳저곳 아픈 전신 통증은 좀 낫지 않았을까?' 생각한다. 근육통이었을 테니 말이다.

아는 게 없어서가 아니라, 질문하는 게 귀찮아 화를 자처했다. 병원에 간다면, 수술이나 기타 치료를 받기로 한다면, 필요한 질문 목록을 꼭 준비해야 한다. 조금이라도 이해하기 어려운 말을 들으면 반드시 짚고 넘어가야 한다. 나도 그래야 했다. 병원은 환자의 필요를 충분히 채울 만큼의 성의가 절대 없다. 내가 반드시 해야 했던 질문은 이런 것들이다. "집 말고 퇴원할 다른 곳이 있는 건가요?" "어디로 퇴원하는 게 회복에 좋은가요?" "병원에서 재활병원으로 연계해 주실 수 있나요?" "어떤 재활병원을 추천해 주실 건가요?" 그야말로 최소한이며 기본적인 질문이다.

침대에서 일어날 때, 변기에서 일어날 때마다 허리와 무릎에 힘이 들어갔고 그때마다 몸이 아프고 불안했다. 재활병원으로 퇴원했다면 그런 부담이 거의 없었을 터였다. 병원 침대는 집의 것보다 높거니와 높이도 조절된다. 침대 위에서 미끄러지듯 바닥으로 내려올 수 있다. 변기도 집의 것보다 높고, 바로 옆에는 손잡이가 있어 허리와 무릎에 힘이 덜 들어간다. 재활병원이라면 전문적인 물리치료사들이 있어 등의 근육통 치료뿐 아니라, 다른 재활 치료들도 받으면서 회복할 수 있었을 터였다. 찜통처럼 더운 한여름을 시원하게 지내며 덜 지쳤을 것이다. 환자에게 맞춰진 음식을 걱정 없이 먹을 수 있었을 테고, 남편이 꼼짝 못 하고 나와 함께 집에 감금되지 않아도 되었을 것이다.

항생제 부작용과 무통주사 부작용으로 보통의 환자들보다 이틀이나 늦게, 수술 후 4일에 침대에서 내려왔으니 당연히 그만큼 회복이 덜 되었을 텐데, 일반적인 적용을 해 10일 입원만 하게 한 것이 원망스러웠다. 배변에 대한 무관심 때문에 지독한 변비로 고생하고 밤을 꼴딱 새우게 된 것도, 수면건강센터의 무책임하고 무성의한 협진으로 꼬박 밤을 새우게 된 것도, 모두모두 두고두고 원망스럽지만, 무익할 뿐이다.

병원이 다 알아서 해줄 줄 알았다. 완전한 착각이었다. 나는 병원과 의사를 꽤 신뢰하는 편이었다. 그러나 병원이 환자의 사정을 일일이 고려하여 가르쳐 주지 않는다는 사실을, 뼈저리

게 고생을 하고서야 알게 되었다. 병원이 말해 주길 기대하는 대신, 환자가 적극적으로 묻고 자신을 지켜야 한다.

'수술 후 재활병원에서 3개월을 보냈다면 어땠을까?' 또다시 강조하건대, 환자도 알아야 한다. 의사의 일방적인 지시를 따르는 대신 그와 상의해야 한다.

환자를 빨리 퇴원시키는 이유

일반적으로 병원은 환자가 입원을 오래 할수록 수익성이 떨어진다. 그러므로 병원 경영자는 어떻게 하든지 입원 기간을 짧게 만들어 수익성을 높이려 한다. 환자가 수술받기 위해 입원하면, 수술 전 검사를 하고 수술 중 수술 직후 투여하는 약과 검사 등이 많아져 수술 전후 치료비가 가장 많다. 수술 후 회복 시기에 들어가면 치료와 검사가 필요 없게 된다. 병원 입장으로는 수술 전 검사와 수술만 시행하고 환자를 퇴원시키면 수입이 극대화되는 것이다.

병원 수익성 여부는 차치하고 어떤 수술이라도 수술 후 예상치 못한 신체 변화가 발생할 수 있다. 아무리 작은 수술이라도 수술 직후 후유증은 합병증이 발생할 가능성이 있으므로 수술 후 신체가 안정화될 때까지 입원 치료를 받으면 수술 후 후유증 또는 합병증이 발생할 때 빠른 조치를 받을 수 있어 안전할 수 있다.

- 어환, 《허리디스크 수술 없이 낫기》(김영사), 295-297쪽 참고.

수술 후 10개월, 죽음을 생각하다

수술한 지 7개월이 지난 2017년 2월, 약간의 진전이 있긴 했다. 그러나 갈 길이 너무 멀었다. 세수하는 게 힘들었다. 엎드릴 수 없으니 머리를 감으려면 샤워를 해야 했다. 그런데 혼자서는 샤워를 할 수 없었다. 다리를 닦을 수도 수건으로 말릴 수도 없었다. 마음이 조급했다. 검색엔진으로 척추유합술 후기를 열심히 찾았다. 보통 3개월이 지나면 통증이 사라지고 6개월이 지나면 계단을 오르내릴 수 있다는 글이 있었다. 수술한 지 한 달 되었을 뿐인데 운전을 하며 돌아다니는 할아버지를 걱정하는 글도 올라와 있었다. 그런가 하면 1, 2년이 지나도 여전히 통증이 있어 절망한다는 호소글들도 있었다. 어디에 장단을 맞출지 몰랐다.

통증 치료를 위한 마사지가 있다는 것을 처음 알았다. 그때까지 마사지는 텔레비전 드라마에 나오는 팔자 좋은 분들의 전유물쯤으로만 알고 있었다. 태국여행 때 가족들과 함께 마사지를 받은 이후 처음으로 마사지숍을 찾았다. 한 달 정도를 다니니 등의 통증이 줄어들었고, 몸이 균형을 잡아 가는지 넘어지려는 경향도 줄었다. 진전이 있었다.

늦게 시작한 추위가 맹렬한 세를 떨치며 사라지지 않았지만, 한결 나아진 몸이라 자신하며 아파트 주변을 벗어나 대로를 건너 공원으로 갔다. 공원 중앙에 있는 잔디광장 주변을 몇 바퀴 돌다가 집으로 돌아오면 좋았을 것을, 욕심을 부렸다. 공원 둘레를 크게 한 바퀴 돌기로 했다. 반쯤 되는 지점을 통과할 때 체력이 갑작스럽게 떨어지며 허리와 골반, 고관절이 아프기 시작했다. 되돌아가는 것과 남은 길을 가는 것이 똑같았다. 완주하는 것 외에 다른 도리가 없었다. 집으로 돌아와 그날부터 다시 힘들어지기 시작했다. 마사지 침대의, 얼굴을 보호하기 위해 만들어 놓은 구멍 언저리에 턱뼈가 압박을 받으면서 치통까지 생겼다. 몸의 각 부분이 약했다. 몸은 다시 아파졌는데, 마사지조차 받을 수 없게 되었다.

회복되리라는 믿음이 없었다. 마음이 급했다. 이번엔 '운동치료'라는 간판을 보고 들어갔다. 필라테스를 추천받아 등록했다. 치료를 위해 고안된 운동이라고 했다. 그것도 무리가 되었는지, 목욕탕에서 쓰러지면서 생긴 꼬리뼈 부분의 통증이 심해졌다. 별수 없이 그만두고 정형외과에 갔다.

정형외과에서는 오른쪽 다리가 길어 걸음걸이도 힘들고 통증도 더 나아지지 않는 것 같다며, 맞춤 인솔을 권했다. 맞춤 인솔이 발바닥 아치를 느끼며 안정감을 가져오리라는 의사의 설명 및 내 기대와는 달리 또 다른 불편함을 주었다. 제대로 맞춰진 것일까. 의심과 불안이 교차하는 동안, 의사의 지시대로 적응을 위해 인솔 착용 시간을 조금씩 늘려 갔다. 그때부터 무릎 통증이 시작되었다. 의사와 상의하고 맞춤 인솔을 포기했다. X-ray를 찍었다. 아무 이상이 없다는데, 조금도 걸을 수 없을 정도로 무릎이 시큰거렸다. 10분은커녕 5분도 걸을 수 없을 만큼 날카로운 자극을 느꼈다. 허리 통증도 악화했다.

MRI 촬영을 해야 할 것 같았다. 수술한 대학병원에서 촬영하기엔 비용이 너무 부담스러웠다. 대학병원 근처에 있는 다른 병원에 갔다. 비용이 2분의 1이 채 안 되었다. 허리에는 아무 이상이 없고 무릎 연골판이 조금 손상되었다고 했다. 심한 정도가 아니라는데, 나는 통증을 심하게 느꼈다. 걸을 수 없을 정도로. 골반을 중심으로 내 사지육신은 제자리를 벗어나 따로 노는 것만 같았고, 등의 견갑골 역시 그랬다. 살과 뼈의 불일체감, 근밀도 혹은 근장력의 불균형, 신체 좌우 불균형 내지 비대칭감을 느꼈고, 척추뼈 마디마디 하나하나가 잘라내는 듯 아팠다. 아플 때마다 근육통에 좋다는 A 로션을 발랐다. 그러면 그 특유의 시원함 때문에 통증을 잊을 수 있었다. 수도 없이 바르다 보니 결국 A 로션으로 인해 피부까지 아프기 시작했다. 이역시 참기 힘들 정도였다. 조급함이 점점 더 나를 망가뜨리는 것 같았다. 내가 미웠다.

수술 후 10개월이 지난 2017년 5월. 몸이 무너져 내리자, 그 무너져 내리는 몸뚱이와 정신이 하나가 되었다. 다른 곳을 바라볼 수 없었고, 다른 생각을 할 수 없었다. 회복에 대한 기대는 사라지고 죽음을 생각하기 시작했다. 먹기만 하면 잠을 자게 해주던 졸피뎀과 아졸락이 말을 듣지 않았다. 몇 날 며칠을 뜬눈으로 밤을 새웠고, 그럴수록 몸이 더 아파지는 악순환이 계속되었다. 며칠을 못 자도 졸리지 않았다. 졸피뎀과 아졸락의 양을 두 배까지 늘려도 소용없었다. 그만큼 몸 상태는 배로 나빠지고 있었다. '죽음'이라는 단어가 내 머릿속을 채워 갔다.

'차라리 암이라면, 결국은 끝날 수 있을 텐데…. 스스로 끝을 내지 않으면 통증도 끝나지 않을 거야…. 오직 죽음이 나를 자유롭게 할 수 있을 거야…'

손목에 칼을 대는 장면, 칼이 무뎌서 동맥이 끊어지지 않는 장면, 가위로 동맥을 자르는 장면, 난간에서 뛰어내리는 장면 등을 연상하며, 죽음의 의미를 미화하기 시작했다.

'내 삶은 이것으로 충분해…. 나는 다른 누구의 삶이 아닌 내 삶을 살았으니 후회 없어…. 두 딸 다 장성했어, 괜찮아…. 남편도 아직은 젊으니까 결국은 이겨 낼 거야.'

내가 죽어도 문제될 이유는 없어 보였다. 그러면서도 실제로 일을 저지르게 될 것 같아 무서웠다. 지워지지 않고 평생 가족을 따라다닐 끔찍한 기억들을 생각하면 공포가 몰려왔다.

치료 4종 세트,
정신과 치료·온열치료·대화·마사지

음식이 싫었다. 체중이 줄어 저울에 올라서기가 무서웠다. 잠을 자고 싶었다. 잠만 잘 수 있다면 끔찍한 일은 저지르지 않을 수 있을 것 같았다. 약을 처방해 주던 내과에 가서 수면을 위한 다른 약은 없는지 물었다. 처방해 왔던 졸피뎀과 아졸락, 그 이상은 처방할 수도 효과를 볼 수도 없다며 가까이에 있는 정신과를 권했다. 대학병원보다는 믿을 만한 개인병원에 가라고 했다. 마침 그런 분이 우리 동네에 개원했다며 그 병원에 전화를 걸어 예약까지 해줬다. 그분이 쓴 책을 읽지는 않았지만, 제목 《상처받을 용기》를 알고 있었다. 책 제목이 마음에 들었다. 후에 경험한 바에 의하면 가까이에 믿을 만한 정신과가 있다면 필요에 따라 수시로 약의 종류 혹은 분량 등을 조정하는 게 가능했다. 대학병원 진료를 받다 보면 시간에 쫓긴다는 느낌이 드는데 개인병원은 그렇지 않았다. 대학병원에 비해 유리한 면이 있다.

정신과 치료

수술 후 10개월 6일. 2017년 5월 31일. 생애 처음으로 정신과 치료를 시작했다. 처음 간 날, 약과 검사지를 받아 왔다. 오전에 먹는 진통제, 저녁 식사 후에 먹을 약 여러 알(의존성 없는 약으로 불안, 우울증 치료제)과 함께, 대학병원 수면건강센터에서 협진을 받았을 때와는 달리 이곳에서는 약을 다 먹어도 잠이 들지 않을 경우를 생각해 PRN을 주었다. PRN은 졸피뎀과 아졸락을 대신할 수 있는 의존성 있는 약이었다. PRN을 먹어야 잠을 잘 수 있었고 꽤 오랫동안 먹은 후에 끊을 수 있었다. 정신과에서 준 검사지는 문항이 500개도 훨씬 넘는 MMPI 검사지였다. 앉기가 어렵고 집중할 체력이 안 되어, 며칠에 나누어 답을 작성할 수 있었다. 내 답에 죽음이라는 단어가 가득함을, 질문지에 답하는 과정에서부터 알 수 있었다.

며칠 동안 수면에 차도가 없었다. 정신과에서 수면을 유도하는 멜라토닌 호르몬제 서카딘을 처방할지 물었다. 서카딘은 약값이 비싸고 의료보험이 적용되지 않는다. 정신과의 경우 진료비는 물론이고 처방약에 대해서도 실비보험에서는 전혀 비용을 지원하지 않는다. 정신과는 진료비와 약값을 합해 환자 본인이 부담하는 비용이 일반 내과보다 4-6배 정도 많다. 내과 의사가 처방한 서카딘은 실비보험 혜택을 받을 수 있어 내과에 가서 처방을 받았다. 내과 의사는 정신과에서 처방한 약물이 어느 정도 체내에 쌓여야 약효가 나타날 것이라고 설명해 주었다.

　일주일 후 다시 정신과에 갔다. 의사의 진단에 의하면 나는 심각한 정도의 우울증을 앓고 있었다. 정신과 치료를 받으며, 그동안의 내 근황을 페이스북에 알렸다. 좀처럼 하지 않던 기도 부탁도 했다. 신학대학원 동기들이, 페이스북의 친구들이 '좋아요'를 누르며 기도해 줬다. 후에 몸이 조금 회복되었을 때, 서울에서 인천에서 문경에서까지 집으로 동기들이 찾아왔다. 며칠 있다가 천정근 목사님이 페이스북 메시지로 연락해 오셨다. 자신도 아픈 경험이 있으며, 요즘도 치료를 위해 신길동에서 원적외선 온열치료를 받고 있다고 했다. 나에게도 효과가 있을 것 같다며, 자신이 사는 양지에서 내가 사는 마포까지 와서 나를 그곳에 데려가겠다고 했다. '과연 나을까?' 그럴 것 같지 않았다.

　하지만 기도에 대한 내 경험이 마음을 움직였다. 누군가를, 혹은 무엇인가를 '마음에 품으면 생각나는 것이 있고, 그걸 실행에 옮기는 것'이 내게는 기도였다. 그분의 제안이 그분의 기도라면, 나도 응해야 했다. 하지만 지나친 폐를 끼치고 싶지 않아 우리 집 근처로 오시겠다는 제안을 거절하고 남편과 그곳을 찾았다. 처음 갔다 온 후에는 딱히 변화를 느낄 수 없었지만, 왠지 마음이 편했다. 계속하기로 했다. 신길동까지는 너무 멀어 집에서 가까운 지점을 찾았다. 남편에게 매일 같이 가달라는 말이 나오지 않았다. 그런데 3개월이라도 끊어 계속해 보자고 남편이 먼저 제안했다.

따끈한 바닥에 누워 땀을 흘리며 우선 한 가지 기대가 생겼다. 통증을 이기기 위해 끝도 없이 전신에 발라온 A 로션의 독성을 땀이 빠지게 할 것 같았다. 실제로 A 로션으로 인한 피부 통증이 감소해 갔다. 한 달이 가고 두 달이 지나면서 정신과 약에도 몸이 반응을 보였다. 통증은 여전하지만 잠들 수 있었다.

온열치료, 그 좁은 방 안에서의 대화

온열 찜질을 함께 하면서 남편과 그동안 하지 못했던 아주 사소한 이야기들을 나누기 시작했다. 사실상 부부 사이의 친밀한 관계가 가장 힘든 이 시기에 시작되었다. 우리 부부는 대학 캠퍼스에서 만나 2년 동안 연애하고 결혼했다. 내가 24세 남편이 26세가 되던 그해 1월, 세상 물정 모르는 어린 나이에 시어머님과 시동생 둘과 함께 살았다. 이혼하고 홀로 계신 시아버님도 계셨다. 모든 것이 피곤하고 복잡했다. 살림은 궁색하기만 했다.

남편은 언제나 늦었다. 출산계획을 해본 적도 없이 딸이 태어났다. 모든 것이 서툴고, 하루하루 살아내기에 급급했다. 시동생 둘이 출가하고, 어머니가 돌아가시고, 아버님이 돌아가시고, 딸들이 출가하기까지 단둘이 살아 본 적이 없다. 서로 성격이 다르고 가치관도 다르고 교육관, 경제관, 정치관, 종교관도 달랐다. 그동안 우리 부부는 서로 다름을 인정한 채 따로 또 같이 살아가는 법을 알지 못했다. 자주 충돌했다. 하지만 내가 아프기 시작하면서 남편이 나를 돌봤고 힘들게 하지 않으려고 많이 참았다. 그렇게 시간이 지나면서 충돌은 줄었지만, 벽까지 사라지지는 않았다.

좁은 방에 오로지 둘이 갇힌 상태에서 온열치료를 하며 그 벽이 허물어지기 시작했다. 작은 일상, 각자의 생각과 마음, 경험을 나누었다. 아픈 사람이 일일이 반복해서 아프다고 하는 일은 쉽지 않다. 상대가 피곤해할 것이며, 그렇지 않다고 해도, 스스로 경험하지 않고서는 아픈 사람을 이해하기란 어렵다. 그러나 작은 방, 땀을 내는 그 방에서 남편은 내 아픔을 묻고 나는 답했다. 나의 눕고 앉고 일어서는 것을 도와주며, 감춰져 있던 사랑의 마음들을 드러냈고 나 또한 그랬다. 둘의 감정이 회복되고 있었다.

정신과 약물치료와 온열치료가 나를 돕기 시작했다. 천 목사님의 제안이 나와 남편을 이런 방향으로 이끌어 갈지 전혀 몰랐다. 그동안 내가 경험했던 기도들이 이런 식이었고, 이런 기도가 나와 남편을 고쳐 가고 있었다. 시간이 길어지면서 확실히 통증이 줄어 갔다.

마사지

다시 마사지숍을 찾았다. 마사지사가 부드럽지만 은근한 힘으로 몸 구석구석 닿지 않는 곳이 없을 정도로 전신을 풀어 줬다. 통증이 확연히 줄어들었다. 얼굴에도 웃음기가 돌기 시작했다.

숍의 마사지사도 병원의 물리치료사도 치료 방법과 실력이 다르고, 치료 효과도 환자마다 다를 테니 어떤 게 좋다고 딱 잘라 말할 수 없다. 정형외과 도수치료의 경우 정규교육을 받은 치료사들이 하지만, 치료 시간이 20-30분 내외다. 간혹 40분까지 해주는 곳도 있다. 20분과 40분은 환자에게 상당한 차이가 있다. 그러니 보통 20분이라는 시간적 제한으로 큰 효과를 기대하기 힘들었다. 그러나 실비보험의 혜택을 받을 수 있다는 점이 유익이다. 정형외과의 치료사처럼 대학에서 정규교육을 받은 것은 아니지만, 사람의 몸에 대한 이해가 깊은 마사지사들이 있다. 물론 다 그런 것은 아니다. 그래서 마사지숍 역시 무조건 믿어서는 안 된다. 본인에게 맞는 마사지사를 찾을 수 있어야 한다. 그런 분에게 받는 60-70분 마사지는 확실한 치료 효과가 있다.

텔레비전 드라마에서나 보다가 평생 처음 마사지를 받으면서 왜 사람들이 비싼 돈을 내고 이런 곳을 찾는지 알 것 같았다. 그러나 비용 부담이 커서 서민들이 계속해서 받을 수는 없다. 나 역시 그리 오래 받지 못했다. 어느 정도 통증이 완화되면서 그만두었다. 한 달에 한 번 정도라도 받았으면 했으나, 그렇게 되지 않았다.

1년 3개월 동안 온열치료실을 다니고 졸업했다. 여전히 아팠지만, 시간을 다른 데 쓰고 싶을 만큼 몸이 달라졌다.

수술 후 2년, 잘 먹고 열심히 걷고 있다

수술한 지 2년을 20일 앞둔 2018년 7월 5일, 대학병원 정형외과 정기검진일이었다. 남편의 도움 없이, 어정쩡한 자세로 혼자 옷을 갈아입을 수 있게 되었다. X-Ray 촬영을 마치고 진료실 앞에서 차례를 기다렸다. 진료 전에 간호사가 질문지를 주었다. 질문지를 받고 깜짝 놀랐다. '2년이 되어서야 이런 질문을 받다니?' 나중에 글을 쓰게 되면 자료로 사용하려고 질문지 하나를 달라고 했으나 그럴 수 없다고 해서 가져올 수 없었다. 문항수와 문항 내용을 정확히 기억하지는 못하나 대략 이런 내용이었다.

- 얼마 동안 앉아 있을 수 있는가?

- 얼마 동안 서 있을 수 있는가?

- 얼마 동안 걸을 수 있는가?

- 혼자 외출할 수 있는가?

- 혼자 옷을 입을 수 있는가?

- 혼자 외출이 가능한가?

- 땅에 떨어진 물건을 잡을 수 있는가?

　문항에 따라 사지선다형 답으로 5분, 10분, 30분, 1시간 정도의 시간 구분이 있었다. 수술 후 2년이 지난 내 상태는 한 시간 정도 평지를 걸을 수 있고, 꽤 오랫동안 서 있을 수 있었다. 혼자 옷을 갈아입을 수 있었고, 버스를 타긴 어려웠다. 계단 오르기는 허리에 힘이 들어가 부담스럽고, 버스마다 의자가 다른데 앉아 있기 힘든 의자들이 있었다. 전철이라면 외출도 가능했다. 병원이 집에서 그리 멀지 않은 터라 이날은 남편 없이 용기를 내어 버스를 타고 갔다. 버스 좌석에 앉는 것은 여전히 힘들어 텅 빈 버스 안에서 혼자 선 채 병원까지 갔다. 여전히 몸을 앞으로 굽힐 수 없었다. 바닥에 떨어진 물건을 잡을 수 없었고, 머리를 감으려면 샤워를 해야 했다. 샤워 후 상반신은 서서 물기를 닦아 낼 수 있었지만, 하반신은 침대에 누워 다리를 들어 올리고 닦을 수 있었다.

　수술 후 일 년이 되었을 때는 건네지 않았던 질문인데 2년이 되어 이런 질문을 받고 나니, 내 상태가 특별한 경우는 아니며 적지 않은 사람들이 나만큼이나 고생을 하는가 싶었다. 일반적인 회복 과정을 미리 알고 있었더라면 걱정이 덜했을 텐데….

하지만 사람마다 차이가 너무 커서 그렇게 하기에도 무리가 있을 거라며 마음을 다독였다.

"이상 없습니다. 잘 유지되고 있고요."

"앞으로도 계속해서 나아질까요?"

"더 나아지지는 않을 겁니다. 지금 상태를 유지할 수 있도록 조심하세요. 절대 다치는 일이 없어야 합니다."

조금은 실망스러우면서도 일단은 수술 전보다 나아진 것에 만족하기로 했다. 그리고 의사가 뭐라고 하든 나마저 내 몸에 대한 희망을 버릴 순 없었다.

몇 가지 습관을 바꿨다. 크게 바뀐 습관 한 가지를 꼽으라면 단연 식습관이다. 과거와 달리 단백질이 풍부한 식사를 하고 있었다. 최근 일 년 동안 먹은 단백질이 평생 먹어 온 단백질보다 더 많을 것이다. 집 근처 단골 정형외과 의사가, 고기를 매일 먹어도 부족할 거라며 육류 섭취를 권하면서부터 단백질 식단을 즐기기 시작했다.

그리고 오전 오후로 나가 걸었다. 성실하게 해왔고 앞으로도 그럴 것이다. 워낙 운동을 싫어해 바깥일이 없는 날은 몇 날 며칠 현관문 밖으로 나가지 않고 살아왔지만, 수술 이후 나는 매일 걷고 있다.

언니들이 생기다

오전 통증약을 먹지 않은 지 이미 오래다. PRN을 먹지 않아도 잠들 수 있다. 무릎 보호대를 착용하면 한 시간가량 무릎 통증을 잊고 걸을 수 있게 되었다. 200cc 컵조차 들기 힘들 정도로 아팠는데 900cc 우유 팩 정도는 들 수 있게 되었다. 분명 통증은 있으나 감당할 만했다. 운전은 할 수 없었다. 운전하기엔 여전히 통증이 있었고 다리에 쥐가 날 것 같았다. 전철을 타고 외출을 할 수 있게 되었다. 집, 온열치료실, 동네 공원을 벗어나지 못하다가 드디어 외출이 가능해졌다. 버스마다 전철마다, 또 노선에 따라, 만들어진 시기에 따라, 의자가 달랐다. 대체로 버스 의자보다는 전철 의자가 허리에 편했다.

사람들을 만나고 싶었지만, 가보고 싶은 곳도 보고 싶은 사람도 모두 일과 관련되어 있었다. 업무 시간일 텐데 시간을 빼앗는 것 같아 만나러 갈 수 없었다. 문화강좌에 등록했다. 몸으로 하는 일을 하고 싶은 갈증이 있었다. 시니어 모델 강좌를 듣고 싶었는데, 준비물 중에 하이힐이 있고 여전히 활동에 제한이 있어 포기했다. 할 만한 것으로 '전통 술과 식초 만들기'가 유일했다. 덕분에 막걸리를 담글 줄 알게 되었다. 다른 수강생들이 앉아서 강의를 들을 때 나는 서서 강의를 들었다. 글을 다시 쓰고 싶어 자유기고가 양성과정에 등록했다. 역시 앉아서 듣다가 힘들면 서서 들었다. 다시 글을 쓸 수 있을 것 같았다. 깊은 만남은 아니지만, 그저 새로운 사람들을 만날 수 있다는 것에 감사했다. 길을 가며 만나는 거리 풍경이, 시장 풍경이 새삼스럽게 즐겁고 재미있었다.

여름이 되자 조금 더 용기를 내어 수영장까지 진출했다. 무릎에 무리를 주지 않고 걷는 데는 수중 걷기가 좋다는 말을 들어서였다. 집에서 30분이면 걸어갈 수 있는 수영장이지만 찬물이 두려워 여름까지 기다렸다 갔다. 집에서 그런 것처럼 수영장에서도 신발을 벗으니 몸이 휘청거렸다. 샤워하기가 여전히 불안했다. 물에 어떻게 입수해야 할지도 난감했다. 무릎이 충분히 구부러지지 않아 당황스러웠다. 뒤로 돌아선 채, 입수를 위해 설치된 계단 난간을 잡고, 어린아이처럼 한 칸 한 칸 조심조심 내려갔다.

여섯 라인 중 오직 하나의 라인에서 평균 나이가 70은 넘어 보이는 할머니 할아버지들이 걷고 있었다. 그 라인에는 수영하는 사람이 없었다. 걷는 사람뿐이었다. 허리 아픈 사람들, 다리 아픈 사람들, 그 외 여러 가지 합병증을 앓고 있는 사람들, 투병 생활에 지쳐 나처럼 우울증에 걸린 사람들이 있었다. 아픈 사람 마음은 아픈 사람이 안다고, 자기들끼리 서로 아픈 이야기를 건네며 하하호호 즐겁게 수다를 떨고 있었다. 시간에 아무런 제한이 없는 그 수영장은 내게 선물이었다.

세수하기가 힘들어 겨우 물만 뿌리는 생활을 2년. 스킨이며 로션이며 아무것도 바르지 않아 푸석거리는 얼굴에 근육이라고는 전혀 없는 내 몸뚱이. 하얗게 희어진 머리카락을 본 사람들이 나를 일흔을 넘긴 할머니로 보기도 했다. 그때 내 나이는 '예순둘'이었다. 나이 많아 보이는 어떤 할머니가 '형님~' 하며 나를 부르기도 했다. "연세가 어떻게 되세요?" 내가 되물으면, "저는 이제 일흔이에요"라고 했다. 그때야, 내가 꽤 늙어 보인다는 것을 알았다.

"언니는 어디가 아픈 거예요?"

이야기를 나눌 사람도 없이 혼자 조용히 성실하게 걷기를 거듭하던 나에게 누군가가 '언니' 하고 부르며 말을 걸었다. 낯선 경험이었다. 딸들이 태어나기 전까지는 나는 '희선'이었다. 딸들이 자라면서 딸들의 친구들이 나를 '아줌마'라고 했다. 교회에 출석하면서 '집사'가 되었고, 만학으로 '전도사'가 되고, 이후 '목사', '선생님'이 되었고, 한때 '편집장'이 되었다. 낯선 사람이 내게 언니라고 부르는 순간, 손이 오그라들었다. 막내로 자란 내게 언니라는 호칭은 그야말로 생소했다. 하지만 나쁘지 않았다. 집에 와서도 내내 웃음이 나왔다. 평생 막내였던 내게 언니라고 불러 주는 사람이 있다니, 그냥 좋았다. 얼마 후 나도 누군가를 "언니~" 하고 불렀다. 일터에서와는 달리, 만나는 사람들을 뭐라 불러야 할지 알 수 없었다. 언니라는 소리를 들을 때와 마찬가지로 "언니~" 하고 부를 때도 역시 손이 오그라들었다.

그렇게 부르기 시작한 언니들과 친구가 되어 심심치 않게 수영장을 다닐 수 있게 되었다. 허리가 아프고 무릎이 불편하고 우울증이 있는 언니들과 동생들이 서로를 위로하고 서로 다른 재능으로 끌어 주고 밀어주며 힘이 되었다. 음식을 잘하지 못하는 내게 언니들이 김치며 밑반찬을 만들어 줬다. 그들 중 첨단 기술 활용에 능한 편인 나는 인터넷 쇼핑을 책임지고, 카카오뱅크 등으로 송금하는 것을 도왔다.

매일 샤워를 하면서도 화장품 하나 바르지 않다가, 언니들의 성화에 스킨과 로션, 크림까지 바르게 되었다. 푸석거리던 피부가 맑아졌고, 우울증약 덕분에 식욕이 늘어 살이 통통하게 붙으면서 나를 일흔 살 넘은 할머니로 보는 사람은 없게 되었다. 여름이면 근육이 이완되면서 통증이 준다. 게다가 수영장 안의 온탕, 운동과 웃음으로 통증이 차츰 더 줄어들었다. 운전도 할 수 있게 되었다. 발 관절에 통증이 생기면서 할 수 없이 수영장을 졸업했으나 여전히 언니들을 만난다.

동네 사우나에 다니며 또 다르게 좋아졌다. 사우나는 혈액순환을 돕고 근육을 이완시키고 독소를 빼주어 통증에 효과가 있는 듯하다. 코로나 19가 사우나 문을 닫게 해 아쉬울 따름이다.

수술 후 5년, 굿바이 병원

어깨가 아파 팔을 들어 올리는 게 힘들었어도 어느새 낫곤했기에 무시했다. 그런데 옷을 갈아입을 수 없게 되었고, 세수를 할 수 없게 되었고, 운전을 다시 시작한 지 얼마 안 되어 핸들에 손을 올려놓을 수 없게 되었다. 이전에도 가끔 그런 적이 있었기에 참고 기다렸으나 호전되지 않았다. 초음파검사를 했고 회전근개파열이 의심되어 MRI 촬영을 했다. 척추 진단을 제대로 받지 못한 경험이 있어 이번에는 대학병원 두 곳을 찾았다. 같은 진단이었다.

E 대학병원에서 수술을 받았다. 잦은 수술과 척추 수술 통증으로 고생이 막심했고 여전히 통증이 사라지지 않았지만, 별로 두렵지 않았다. 통증에도 맷집이 생긴 것이다. 회전근개파열 수술의 경우, 통증이 만만치 않고, 입원 기간은 일주일 정도라는 정보를 들었다. E 대학병원 S 교수에게는 특별하게 들리는 수술 이론이 있었다.

"전신마취와 부분마취를 동시에 할 겁니다. 수술 부위에 부분마취를 한다면 통증이 유발되지 않고 이후 통증이 훨씬 적다는 이론이 있습니다."

의사가 자신의 수술에 대해 상세하게 설명했다.

의사의 이론대로 수술 후 통증은 최소한이었다. 3일 만에 퇴원했다. 어깨 수술 후에는 똑바로 눕지 못한다. 상반신을 높여야 했다. 그게 어느 정도 허리를 아프게 했지만, 이제 이 정도의 통증에는 이력이 나서 두려움도 크지 않았다. 최소한 6개월 이상, 재활을 위한 힘든 시기를 보내긴 했다. 그러나 그 기간 웃을 수 있었고, 팔 재활을 위한 운동과 함께 걷기 또한 꾸준히 했다. 어디에든 적응하는 게 사람인가 싶다. 하지만 세상에는 견디기 힘든 심신의 아픔과 사건이 얼마든지 있을 수 있음도 안다. 쉬운 말로 누군가를 위로할 수는 없을 것 같다.

의사들과 간호사들은 모두 바쁘고 고되겠지만, 확실히 병원마다 의사마다 간호사마다 태도가 달랐다. 이곳 병원에서는 진료를 시작할 때부터 의사가 시간을 충분히 주며, "더 궁금하신 것 없으세요?" 하고 묻고 기다려 주었다. 이번 수술에서도 마취에서 깨어나는 동시에 무통주사와 항생제 부작용으로 울렁증과 구토증세가 시작되었다. 바로 의사가 찾아왔다.

"안녕하세요? 저는 순환기 내과 의사입니다. 혈압이 지금

40으로 떨어졌는데요, 무통주사와 항생제 부작용 같습니다. 곧 무통주사를 빼고 진통주사로 바꾸겠습니다. 염려하시지 않아도 됩니다."

이 설명만으로도 나는 병원과 의사를 신뢰할 수 있었고 덕분에 불필요하게 불안해할 이유가 없었다. 의사와 동일한 인격으로 동등한 대우를 받고 있음을 느낄 수 있었다. 그리고 일 년 후 회전근개파열 정기검진을 끝냈다.

그리고 또다시 일 년 후, 회전근개파열 수술 후 2년 3개월이 지난 2021년 7월 18일, 척추유합술을 받은 대학병원에서도 더는 정기검진을 오지 않아도 된다는 말을 들었다. 이로써 20년 동안의 허리 치료가 끝난 것이다! 글을 쓰며 찾은 책에서 나를 수술한 의사가 알려 줬던 이론[*]을 눈으로 읽을 수 있었다.

이토록 긴 아픔을 겪으면서 얻은 한 가지 중요한 깨달음이 있다. 모든 환자와 의사에게 강조하고 싶다. 환자는 의사와 동역자이며 치료의 주체가 되어야 한다는 것. 오늘 우리나라 의료환경에서는 쉽지 않은 일이지만, 환자와 의사의 인식이 바뀌면 그만큼의 결실이 있을 것이다.

수술 중 출혈과 통증을 최소화하기 위한 슬기들

수술 중 출혈과 통증을 최소화하기 위해 여러 가지 슬기들이 쓰이는데, 출혈을 줄이기 위해 혈관을 수축시키는 에피네프린을 연부조직에 주입하기도 하고, 피부 절개선에 국소마취제인 리도카인을 사용하기도 하며, 수술 후 통증을 줄이기 위해 척추 신경 주위에 약물을 뿌려 두기도 한다.

또 마취제를 사용하는 것이, 수술 후 입원 기간 동안 진통제 사용을 줄일 수 있다고 보도되어 있다. 국소마취제는 통증 반응의 자극을 차단함으로써 통증이 시작되는 것을 막을 수 있다. 마취의는 통증 반응의 차단을 위해 다른 방법을 사용하기도 하는데, 예를 들면 수술을 마치기 직전에 환자의 척추관 안의 척추 신경 주위로 직접 마취제를 투여하여 수술 통증을 줄이기도 한다. 이 방법은 어떤 수술을 했느냐와 또한 환자의 반응 정도에 따라 다양한 효과를 보인다.

- 지야 L. 코카스란 외, 《허리병원 알고 갑시다》(시그마북스), 201쪽.

모두의 몸을 돌아보는 시간

세상을 돌아보며 영원의 시간을 살다

긴 아픔의 시간은
'모두의 몸을 돌아보는 시간'으로 이끌었다

수술 후 일 년 만에 동남아로, 2년 후 유럽으로, 언제 아팠느냐는 듯 여행을 시작한 지인이 있다. 수술 후 3개월, 아직은 아픈 상태에서 가족과 필리핀 여행을 갔다 온 분도 만났다. 지금 그분은 통증은커녕 운동도 하고 몸 움직임이 자유롭다고 했다. 그렇게 수술 효과가 놀랍게 좋은 분들이 있다. 수술한 사람 모두가 나처럼 오랫동안 고생하는 것은 아니다.

척추 수술 후 5년, 마지막 정기점검을 끝냈지만 안타깝게도 나는 그분들처럼 몸이 자유롭지가 않다. 목, 등줄기, 견갑골, 허리에 여전히 며칠 간격으로 파스를 붙인다. 파스를 붙이면 다행히도 통증이 사라진다. 통증이 계속되는 날은 도수치료를 받는다. 최근에 도수치료를 받다가 역효과가 나는 것 같아 중간에 멈추기도 했다.

나는 여전히 허리에 박힌 핀으로 인해 거의 늘 이물감을 느낀다. 의자에 민감해 불편한 의자에 앉거나 장시간 앉아 있으면 어김없이 수술 부위 근육이 뻗치고 온몸이 아파진다. 허리를 굽

히거나 몸을 좌우로 돌리는 데 제한이 많다. 이전부터 잘못되어 온 습관으로 인해 근육 상태가 좋지 않은데, 여전히 움직임의 범위가 제한되다 보니 근육이 경직된 곳이 많다. 그래서 파스를 붙이게 된다. 수술 후 집으로 퇴원하지 않고 3개월간 재활병원에서 입원 치료를 받았더라면 지금보다는 제한 범위가 좁거나 제한을 받지 않았을지 모른다는 생각을 가끔 한다.

계단을 오를 땐 허리에 부담을 느낀다. 아직 허리가 약하다는 의미다. 정신과 약을 끊었으나 가끔은 불면증이 찾아온다. 여전히 불면에 대한 불안으로 멜라토닌 호르몬제를 비롯해 수면에 좋다는 온갖 보조식품을 챙겨 먹는다. 무척 힘들 것 같지만 꼭 그렇지는 않다. 지금 상태에 매우 익숙하다.

통증이 느껴지면 '이제, 그만 일어나서 걷고 와라'라는 신호로 받는다. 그때 밖에 나가 팔을 흔들며 걷고 들어오면 아픈 등이 낫는다. 척추를 둘러싸고 있는 '코어' 근육에 약간의 힘을 주며 걸으면 허리가 강해진다. '코어' 근육을 배 근육으로 착각하기 쉬운데, 아니다. 척추를 둘러싸고 있는 속근육이다. '코어' 아닌 '배'에 힘을 주면 '배' 근육이 강해지면서, 오히려 허리 근육이 약해진다. 용기를 내어 플랭크 운동을 했다가 허리 통증이 심해진 적이 있는데, '코어' 아닌 배에 힘을 줬기 때문이다.

몸은 노력에 정직하게 보상한다. 통증이 찾아온 건 내가 한 노력이 잘못되어서였다. 세심하게 신경 쓰며 걷는 방법을 바꾸지만, 어느새 자세가 잘못된다. 그러면 다시 바꾸기를 반복한다.

건강한 몸으로 걷고 앉고 눕고 잠잘 수 있는 것이 기적임을 뒤늦게야 깨달았다. 완벽하게 건강한 사람이 세상에 얼마나 되겠는가. 어느 정도 내 몸은 불편하다. 그러나 지금 나는 책상에 앉아 책을 읽을 수 있고, 글을 쓸 수 있고, 여행을 할 수 있고, 만나고 싶은 사람을 만날 수 있고, 음식을 만들고 먹는 일을 즐길 수 있게 되었다. 이 정도면 충분히 감사하다.

20년이라는 허리 통증의 시간, 특히 통증이 극심했던 7년은 내 활동을 멈추게 했다. 나는 나락으로 떨어진 것만 같았다. 그런데 지나고 보니 바로 그 나락에서도 사소한 즐거움이 있었고, 그 시간에 버거워하고, 슬퍼하고, 아파하며 이전에 몰랐던 것을 조금 더 알게 되었다. 사람은 정신으로만 사는 존재가 아니었다. 정신조차 육체인 몸에 담겨 있었다. 몸을 갖고 사는 이들의 실제적 애환을, 몸을 가진 존재의 '건강', '죽음', '삶'을 이전보다 조금 더 이해할 수 있게 되었다. 그 시간은 몸을 돌아보는 시간이 되어 나와 사랑하는 이들의 몸, 그리고 서로 연결되어 있어 결코 분리될 수 없는 세상의 모든 몸을 돌아보는 시간으로 나를 이끌었다. '아픔', 그는 한땐 고통이었지만 모두를 돌아보는 눈을 뜨게 한 유익한 친구였다.

사랑하는 이들의 건강을 생각하다 보니 체력을 위한 운동과 제도, 건강을 해치는 음식의 생산과 소비 시스템 등에 관심이 커졌다. 어떤 문제가 있으며, 왜 문제가 생겼으며, 어떻게 해야 할 것인가를 생각하며 다큐멘터리를 시청하고 책을 읽고 있다. 한 개인은 세상 모든 것, 누군가는 그야말로 고작 미물이라고 여길 수 있는 땅과 바다, 공기 중의 생물 등 어느 것하고도 분리되지 않는다는, 그래서 그 모든 것이 건강해야 개인과 개체가 함께 건강할 수 있다는 사실을 배우고 있다. 인간이 이룬 발전이라고 하는 것들이, 결국은 어떻게 지구환경을 변형해 지구를 위기에 직면하게 했는지를 알아가고 있다. 그리고 이 위기를 극복하기 위해 인류가 어떻게 지금까지와는 다른 삶을 추구해야 하는지 그 과제를 고민하게 되었다.

3부 '모두의 몸을 돌아보는 시간'에서는 나와 사랑하는 사람들을 위해, 함께 건강해야 할 지구의 다양한 가족들을 위해, 건강의 중요성, 건강을 위한 제도, 운동과 삶, 음식, 지구적인 생산과 소비 시스템의 중요성, 기후 위기 등에 관해 알게 된 짧은 생각들을 기록하려고 한다.

건강해야 사랑할 수 있다

2013년, 임신한 큰딸이 직장을 그만두었다. 그리고 그해 10월 손자 해가 태어났다. 딸이 자신의 집 사당동에서 내가 사는 상암동까지 꽤 먼 거리에도 불구하고 하루가 멀다 싶게 우리 집을 찾기 시작한 게 그때였다. 출산 후 엄마가 된다는 건, 임신 기간의 불편함, 출산의 고통과는 전혀 다른 어려움의 시작이다. 자신은 사라지고 엄마가 된다.

임신과 더불어 뒤틀리고 어그러진 몸, 출산 과정에서 완전히 제자리를 벗어난 뼈대며 근육과 장기. 구석구석 아프고 배조차 꺼지지 않았지만, 생존이 오로지 엄마에게 달린 아기를 위해 쉬지 않고 움직여야 한다. 먹이고 안아 주고 목욕시키고 재우는 모든 일이 낯설고 고되다. 밤낮없이 이어진다. 아기가 자는 시간엔 쌓여 있는 빨래를 해야 하고, 청소, 식사 준비, 기타 소소한 가정사들을 숨 가쁘게 해내야 한다. 잠을 잘 수 없는 게 제일 고통스럽다. 하지만 아기가 자는 모습을 보면서 '이토록 사랑스럽다니' 하며 감탄한다. 이 순간순간의 사랑스러움이 강렬

해서 육아의 고통을 감내한다. 엄마가 되고 아기를 키우는 일이 이런 것이다.

전적으로 엄마가 육아를 책임지는 사회에서 엄마는 직장을 포기한다. 관계망은 깨지고 홀로 고립되고 지칠 대로 지친다. 자주 무력감에 빠진다. 찾아갈 친정엄마가 있다면 그건 행운이다. (그렇지 못한 경우가 허다하다.) 얼굴을 마주하며 아기를 기르면서 찾아오는 고단함을 토로하고 마음 기댈 엄마가 있다면 말이다. 아기를 엄마에게 안기고 눈을 붙일 수 있고, 운이 좋으면 이유식이 될 만한 것이나 반찬이 생기기도 한다.

나는 큰딸을 낳았을 때 안양시 석수동에서 대방동 친정을 들락날락했고, 작은딸을 낳은 뒤에는 개포동에서 무려 경기도 충북면으로 이사한 엄마를 찾아가 그런 행운을 누렸다. 큰딸도 해를 낳고 그렇게 우리 집 상암동을 들락날락했다. 해는 우리 집에 오면 할머니인 내가 아닌 할아버지의 품에 안겼다. 방실방실 웃은 것도, 으앙 하고 운 것도 할아버지 품이었다.

할머니인 나는 아팠다. 내 몸은 딸의 산후조리를 해줄 수 없었다. 딸은 산후조리원에서 2주를 지냈다. 산모의 몸이 2주만에 회복됐을 리 없고, 나 역시 섭섭해서 딸을 집으로 오게 했다. 그렇게 큰딸이 우리 집에서 2주를 머물다 제집으로 돌아갔다. 그 2주간 나는 아픈 몸에 대해 말하지 않고 해를 안아 줬고 충분히 무리했다. 그리고 더 나빠졌다.

해가 뒤집기, 기기, 서기, 그리고 마침내 걷기의 발달과제를 성취하는 동안 신혼부부 둘이 지내기에 아늑하기만 했던 조그만 집이 답답해졌다. 해는 자꾸만 밖으로 나가자고 졸랐다. 큰딸은 동영상을 보냈다. 그 안에서 해는 '나가자~ 나가자~'를 반복했다. 그리고 40분 뒤 상암동 할아버지 품에 안겨 있었다. 그렇게 자란 해는 식탁 머리에서 '하부지~, 하부지~' 말꼬리를 올리며 하부지를 불렀고, 하부지와 코를 비벼댔다. 원하는 게 생기면 쪼르르 하부지 몸으로 달려가 그 안으로 파고들었다. 할머니는 자기를 안아 줄 수 없다는 걸 해는 절로 알았다. 나와 남편이 해의 집을 방문할 때도 마찬가지였다. 훌쩍 자란 해는 우리가 현관문을 들어서면 내가 아닌 남편을 반기며 '할아버지, 할아버지!' 하면서 두 팔을 흔들며 깡충깡충 뛰었다.

큰딸이 둘째 달을 임신해 배가 남산만큼 솟아올랐을 때도 나는 여전히 아팠다. 딸이 무거운 짐을 들어도, 남산처럼 솟아오른 배 위로 낑낑거리며 해의 몸을 끌어올릴 때도 나는 그냥 지켜보기만 했다. 해와 달, 둘이 함께 아파 신음하는 기간, 남편이 그들을 온전히 돕고 나는 보조 역할만 했음에도 극도로 더 아픈 몸이 되어 갔다. 가족들에게 웃음을 선사했던 건 한때의 추억이 되었다. 나는 더는 사랑할 수 없었고 도리어 조심스러움과 무거운 기운을 불러왔다.

이제 해가 열 살, 달은 여덟 살이다. 해가 여전히 정기적으로 검진을 받아야 하지만, 둘 다 씩씩하게 자라고 있다. 나 역시 길고 힘들었던 회복기를 이겨 냈다. 정신이 건강하면 신체의 건강도 따라온다는 어리석은 생각은 폐기 처분했다. 몸에서 떼어낸 정신이 있을까. 육체보다 더 중요한 영혼이란 게 따로 있을까. 그 둘은 철저하고 긴밀하게 연결된 하나다. 그리고 그 하나의 건강은 우리가 원하는 것을 추구하기 위한, 각자에게 주어진 인권을 지켜내기 위한 기본 요건이다.

건강은 우리가 원하는 것을 추구하기 위한 기본 요건이다. 건강은 인권을 지켜내기 위한 정치·경제적인 기회를 보장받기 위한 조건이다. 건강해야 공부할 수 있고 건강해야 투표할 수 있고 일할 수 있고 사랑할 수 있다. (김승섭, 《아픔이 길이 되려면》, 동아시아, 71-72쪽 참고.)

고의로 건강을 잃은 사람이 있을 리 없다. 태어나면서부터, 혹은 예기치 않은 사고나 질병으로 건강을 잃는다. 그리고 건강을 잃는 순간부터 그는 기울어진 운동장에 서게 된다. 일할 권리를 잃고, 생존할 권리 사랑할 권리를 잃게 된다. 부모를, 자식을 힘껏 사랑하고 싶은데, 부양하고 싶은데, 그럴 수 없는 상황으로 내몰린다.

건강을 잃어 사랑하는 자식의 무거운 짐이 되어 버린다. 건강을 잃은 아빠의 아빠가 되고 엄마의 엄마가 되는 청(소)년이 부지기수고 그들 자신까지 죽음에 내몰린다. 손자의 엄마나 아빠가 된 가난한 할머니와 할아버지는 마음 놓고 눈을 감을 수조차 없게 된다. 시민이 되지 못하고, 효자라는 이름으로(《아빠의 아빠가 됐다》의 작가 조기현은 자신을 효자가 아닌 시민으로 봐야 한다고 말한다), 혹은 사랑과 책임이라는 명목으로 죽음으로 내몰리는 사회에서, 그들은 기본 권리를 잃어버린다. 의도하지 않았지만 어쩔 수 없이, 사랑할 수 없거나 사랑받을 수 없는 사람이 되어 버린다. 비극이다. 그리고 이런 비극은 곳곳에 넘쳐난다.

의료제도, 이대로 충분한가?

2020년 9월 13일 일요일 오후였다. 대구시 수성구 ○○동에 사는 강도영 씨(가명)는 아버지의 핸드폰 번호로 전화를 받았다. 전화에서는 119 구급대원의 다급한 목소리가 들렸다.

"아버님께서 목욕탕에서 쓰러졌습니다. 빨리 A 병원으로 오십시오."

강도영 씨가 급하게 병원으로 달려갔을 때 아버지는 의식이 없었다. 의사는 뇌출혈로 응급수술을 해야 한다며 동의서를 내밀었다. 비싸지만 아버지를 살릴 가능성이 큰 수술과 비용이 적게 들지만 그만큼 아버지를 살릴 가능성이 적은 시술이 있다는 말도 해줬다. 아버지는 해고된 공장 노동자였다. 일주일에 이틀 정도 일당 건설노동자로 일하는 동안 생활은 파산 상황으로 치달았다. 그러다 자동차 부품공장에 들어가게 되었다. 월급 약 200만 원. 어떻게든 둘이 살 순 있게 되면서 다시 행복을 얻은 게 고작 1개월 전이었다. 그런데 아버지가 쓰러진 것이다.

스물한 살 강도영 씨는 당시 공익근무를 위해 대학을 휴학한 상태였다. 가난했고 병원비가 무서웠지만, 어떻게든 아버지(56세)를 살려야 한다는 생각에 비싼 수술을 선택했다. 수술 후 아버지의 의식은 돌아왔으나, 몸은 어제와 완전히 달랐다. 코에는 호스가 연결됐다. 음식을 씹고 삼키고 소화시키는 능력을 잃었다. 호스로 음식을 섭취해야 했다. 성기에도 '소변줄'이라는 호스가 연결됐다. 기저귀도 찼다. 타인이 소변과 대변을 치워줘야만 했다. 오른쪽 팔과 다리만 약간 움직일 수 있었다. 강도영 씨가 돈을 벌기 위해 편의점 야간 아르바이트를 했다. 하지만 역부족이었다. 첫 달은 아버지가 일한 1개월 월급으로 어떻게 버텼다. 그러나 곧 쌀이 떨어졌고 월세 30만 원, 가스비, 전기료, 통신비, 인터넷 이용료 등이 연체되기 시작했다.

　　2020년 9월 13일부터 2021년 1월까지 4개월 동안 치료받은 아버지의 병원비로 약 1,500만 원이 청구됐다. 강도영이 평생 본 적도 만져 본 적도 없는 돈이었다. 막내 삼촌이 퇴직금 중간정산을 해서 돈을 마련했다. 그리고 요양병원으로 옮겼다. 이제 겨우 56세인 아버지는 요양급여도 받을 수 없었다. 한국의 요양급여는 65세 이상에게만 적용된다. 다달이 나오는 요양병원비와 간병비를 또 삼촌이 냈다. 월세가 밀려 있었고, 휴대폰, 인터넷, 도시가스도 이미 끊겼다. 난방도 요리도 할 수 없었다.

얼마 뒤 삼촌은 쌀, 라면, 즉석카레, 즉석짜장, 간장 등을 사왔다. 강도영은 간장에 밥을 비벼 먹거나, 그러면 안 되는 걸 알면서도 아르바이트를 하는 편의점에서 유효기간이 지난 먹을거리를 가져와 끼니를 해결했다.

4월 8일 새벽. 요양병원에서 긴급연락이 왔다.

"호흡 곤란이 와서 지금 급하게 A 병원 응급실로 옮겼습니다."

연락을 받은 강도영 씨와 삼촌은 마음을 굳게 먹고 아버지의 연명치료를 중단하기로 했다. 그러나 병원에 가니 아버지 상태는 연명치료를 받지 않아도 될 정도였다. 아버지는 A 병원에 다시 입원해 치료를 받았다. 병원비가 없었다. 가능한 대로 아버지를 퇴원시키겠다고 병원 측에 부탁했고, 어눌하게 말할 수 있게 된 아버지도 퇴원하겠다고 했다. 그렇게 해서 퇴원 이후의 일에 대해 병원 측에 책임을 묻지 않겠다는 각서를 쓰고 퇴원 허가를 받았다. 병원비는 또 삼촌이 냈다. 삼촌이 있어서 그때까지의 치료를 받을 수 있었지만, 삼촌도 더는 비용을 감당하기 어려워졌다.

퇴원 후 평생 누워 지내야 하는 아버지와 강도영이 4월 23일부터 집에서 함께 살기 시작했다. 이제 아버지의 삶은 오로지 강도영 씨의 손에 달려 있었다. 스물한 살에서 해를 넘겨 스물둘이 된 강도영은 누군가 죽어야 끝나는 간병 노동을 감당해야 했다. 죽 형태의 식사를 콧줄에 넣고, 아버지의 대소변을 치우고, 욕창 방지를 위해 2시간마다 자세를 바꾸어 주고, 마비된 팔다리를 주물렀다. 아침저녁으로 따뜻한 수건으로 몸과 얼굴을 닦아 드렸다. 아버지와 열심히 살아 보려고 했다.

그러나 강도영 씨는 우울했고, 무기력했고, 때론 죽고 싶었다. 아버지의 대소변을 치우고 마비된 몸을 마사지하던 어느 날, 아버지가 아들에게 작게 말했다.

"도영아, 미안하다. 너 하고 싶은 거 하면서 행복하게 살아라. 필요한 거 있으면 아버지가 부를 테니까, 그전에는 아버지 방에 들어오지 마."

5월 3일 밤이었다. 아버지는 아무 말 없이 아들을 바라봤고, 강도영 씨는 그런 아버지를 보면서 한참을 울었다. 그날 이후 아버지 방에 들어가지 않았다. 집 밖으로 나가지도 않았다. 아버지가 외부의 도움 없이 굶어 죽어 가는 동안 그는 자기 방에 누워서 울며 시간을 보냈다. 모든 걸 포기했다. 5월 7일에서 8일로 넘어가는 새벽, 꿈을 꾸었다.

꿈에서 아버지는 멀쩡하게 걸으며 청소를 하고 계셨다. 강도영은 놀라 아버지께 '괜찮아?'라고 말했고, 아버지는 '괜찮다. 빨리 씻어. 청소 끝나면 아빠랑 시내 가서 영화도 보고 돈까

스도 먹고 아들 좋아하는 책도 사자'고 했다. 그날 강도영은 아버지 방문을 열었다. 마지막으로 아버지 방에 들어간 지 5일 만이었다. 대변 냄새와 함께 무언가 부패한 냄새가 났다. 그는 입건되었고, 존속살인죄인 부작위 살인(가족부양의무를 다하지 않았을 때 적용되는 살인)이 인정되어 징역 4년을 선고받았다.

탐사보도 전문매체 <셜록>, <프레시안>, <오마이뉴스>, <아시아경제>, <의사신문>, <법률신문>, 그리고 여러 다른 매체에서 이 내용을 기사로 다뤘다. 기사가 실린 후 많은 개인과 단체가 탄원서를 냈지만, 판결은 바뀌지 않았다. 강도영 씨는 지금 대구교도소에 복역 중이다.

서울의 한 대형 로펌이 강도영 씨 사건 상고심을 무료 공익사건으로 맡았고, 여러 변호사가 그를 돕고 있다. 각계 여러 전문가도 강도영 사건을 면밀히 검토하고 있다고 한다. 정치인들도 이 사건을 놓고 현재의 건강보험 보장성 정책은 강도영 씨와 같은 이들을 도울 수 없다며 정책의 변화가 필요하다는 목소리를 내고 있다.

나라면 어땠을까. 강도영 씨와 별반 다르지 않았을 것이라서 강도영 씨의 선처를 바라는 청원에 함께했다. 많은 사람이 같은 생각으로 강도영 씨를 위해 애쓰고 있는 듯하다.

내게는 실비보험에 가입할 경제력이 있고, 나를 기꺼이 책임지며 돌봐 준 남편이 있었다. 부모가 더는 돌보지 않아도 될 만큼 두 딸은 장성해 경제적 독립을 한 상태다. 그러나 강도영 씨와 그의 아버지 같은 사람이 이 사회에 얼마나 많은가. 우리나라의 경우 의료보험제도가 잘된 편이라고 하지만, 질병으로 앓고 있는 모든 이에게 충분하지는 않다. 비싼 병원비를 감당할 수 없어 도움에 의지해야 하는 이들의 사정을 수시로 듣는다. 얼마 안 되는 월세조차 내기 어려운 상황에서 수백 수천의 병원비와 약값을 충당해야 하는 이들이 부지기수다.

아파서, 아픈 이를 돌봐야 하기에 일을 할 수 없어서 점점 더 가난으로 내몰리는 이들이 정말 많다. 몸이 아파 병원에 갈 때, 쾌적한 병원 시설 앞에 마음이 편하지 못하고 한쪽 가슴에 죄책감 비슷한 것을 품게 되는 이유다. 건강이 최고의 가치는 아니지만 인간답게 살아갈 수 있게 하는 기본 가치라면 국가는 국민의 건강을 위해 무엇을 어떻게 해야 할까.

캐나다에 사는 오빠는 암 치료 중이다. 비용 없이 치료받는다. 모든 나라가 그렇지 않고, 우리나라가 당장 그렇게 갈 수는 없겠지만, 더 나은 의료제도가 필요한 것은 분명한 사실이다. 그러려면 환자를 국가가 아닌 가족이 부양해야 한다는 뿌리 깊은 가족부양 이데올로기에서 벗어나야 한다.

학교 체육 시간, 이대로 괜찮은가?

엘리베이터에서 같은 층에 사는 별을 만났다.

"안녕? 많이 컸어. 몇 학년?"

"4학년요."

"와 벌써? 학교에서 무슨 시간이 제일 재미있어?"

"체육 시간요."

별의 답을 듣고 진심으로 좋았다. 체육이 무엇인가. 육체의 건전한 발육을 꾀하는 교육 아닌가. 별이 체육 시간을 좋아한다면 별이 건강하게 자랄 거라고 생각했다. 그런데 곧 '요즘 체육 시간은 다른가?' 싶었다. 내가 경험한 체육 시간, 선생이 되어 고등학교에서 본 학생들의 체육 시간은 결코 재미있는 시간이 아니었다. 체력에 크게 보탬이 되는 것 같지도 않았다.

초·중·고등학교 12년 동안 체육 시간이 있었다. 대학에도 체육 시간이 있었는지 기억이 희미하다. 초등학교 체육 시간이라면 국민체조 외에는 기억에 없다. 중학교 시절은 체력장 종목인 10미터 왕복달리기, 100미터 달리기, 800미터 오래달리기, 윗몸일으키기, 공 멀리 던지기, 멀리뛰기, 매달리기, 그리고 체력장에 대한 기억이 생생하다. 모든 종목에서 기록을 쟀다. 당시 고등학교는 입학시험을 치르고 점수대로 합격 여부가 정해졌다. 체력장 점수도 입학점수에 합산되었다. 체력을 기르는 시간이기도 했지만, 그보다는 입시를 위한 시간으로 더 다가왔다. 20점 만점이었고 5등급으로 나뉘었다. 각 등급의 차이는 2점. 친구들은 대체로 1-2등급이었고, 나는 무급, 기본점수 10점이었다. 친구들과 10점 차이. 격차가 컸다.

새벽에 체육 과외를 받았다. 두 달의 고된 훈련을 받고 몸에 무리가 왔다. 체력장 전날 발목이 퉁퉁 부어 있었다. 통증도 있었다. 엄마는 민간요법으로, 푹 쪄낸 보리밥을 내 발목에 감싸 줬다. 그 보리밥의 효험이 있기만을 바라며 잠을 청해야 했다. 이른 아침 눈을 뜨니 비가 부슬부슬 내리고 있었고 체력장은 연기되었다. 보리밥 대신 기후가 위력을 발휘했다. 일주일 뒤 발목 통증 없이 체력장을 치렀다. 1등급 20점을 받고 다시 운동과 결별했다. 나는 그때 체력이 증강했을까. 증강했다면 이어졌을까. 3년 체력훈련은 도루묵이 되었다.

체육 시간에 관한 유쾌한 기억이 없지 않다. 중학교 때 배구와 발야구를 하기도 했다. 배구공이 무섭고, 공에 맞으면 손목이 벌겋게 부어 아프면서도 그 시간을 기다렸다. 두 손을 잡은 채 두 팔을 쭉 뻗을 때의 느낌, 내 몸의 자세와 움직임을 지금도 기억한다. 손목에 공이 닿는 순간, 공을 제대로 받았는지 그렇지 못한지 느낌으로 알 수 있었다. 공을 받아 패스했을 때의 통쾌함, 역동적으로 움직이는 몸을 나의 일부로 느꼈던 그 감각을 지금도 기억한다.

발야구. 상대편 선수가 배구공을 발로 차려는 순간, 몸을 긴장시켰다. 내 몸을 향해 날아오는 공을 발로 뻥 차며, 순간 몸이 느낀 희열. 베이스를 향해 냅다 달릴 때 목표를 향해 기꺼이 질주하던 요긴한 내 다리가 기억난다. 피구 공이 무서워 몸을 숨겼다. 그러다 어느 순간, '에라, 맞으면 맞으라지' 하는 심정으로 앞으로 뛰어나가 공을 잡을 때 느꼈던 내 몸의 용기도 잊히지 않는다. 지루하게 같은 동작을 반복하며 기록을 재는 엘리트 체육과 달리 즐겁게 생활체육을 하면서 느꼈던 몸의 즐거움에 대한 기억이다.

고등학교 시절, 무용 시간이 있었고, 운동장에서 줄을 서 테니스를 배우긴 했다. 그러나 그 어느 것 하나, 끝까지 배운 것도 제대로 해본 것도 없다. 그와는 반대로 교련 시간은 철저하고 엄격했다. 열을 맞춰 절도 있게 행군했다. "좌향좌", "우향우", "뒤로돌아", "○열 종대로 헤쳐모옛", "○열 횡대로 헤쳐모옛."

구령에 맞춰, 정한 시간 내에 절도 있게 움직였던 기억이 생생하다. 삼각 붕대, 일반 붕대를 다친 팔과 다리에 감는 법을 배웠다. 삼각 붕대를 매는 법은 아리송하지만, 일반 붕대를 매는 법은 지금도 정확하게 기억할 수 있다. 열심히 가르쳤고, 확실하게 배웠다. 절도 있는 행동에서 쾌감을 느꼈다. 체육 시간이 교련 시간처럼 뭐 하나라도 철저하게 배우는 시간이었다면, 나는 지금 어떤 운동에 빠져 있을지 궁금하다. 그리고 내 체력은 어땠을까.

두 딸 모두 수영을 할 수 있다. 역시 학교 체육 시간에 배운 게 아니다. 레슨비를 내고 배운 덕이다. 그렇지만 테니스며 탁구는 하지 못한다. 시간도, 일일이 레슨비를 낼 경제적 여유도 없었다. 자전거를 탈 수 있으나 장거리 주행, 힘든 코스는 어려울 것이다. 딸들 역시 입시 위주 교육을 받았다. 이른 아침부터 밤까지 하루를 꼬박 교실과 학원 책상에서 보내야 했다. 덕분에 체중은 늘어났고 체력은 떨어졌다. 두 딸만의 이야기가 아니라, 우리나라 청소년들의 이야기다.

나는 어른이 되어서야 레슨비를 내고 수영 강습을 받았다. 물이 내 키를 넘지 않는, 잔잔한 수영장 안에서만 수영할 수 있다. 키를 넘는 깊은 물에서, 그냥 물 위에 수직으로 동동 떠 있는 외국인들을 보면 신기하고 부럽다. 이 사람들은 깊은 물에 빠져도 어느 정도 견딜 수 있겠구나 싶다. 그들은 어디서 어떤 수영을 배운 걸까.

몇 년 전, 친구가 정년퇴직 후 자전거를 배워 제주도를 종주했다고 알리더니, 그 후에는 유럽으로 자전거를 끌고 가 한 달 동안 자전거여행을 하고 왔다. 그러면서 자전거를 왜 학창 시절이 아니라 예순이 넘어 배웠는지 안타깝다고 했다. 딸의 친구는 대학 졸업 후, 공부하기 위해 독일에 가 지금까지 그곳에 살고 있다. 똑똑하고 자립심 강한 친구였지만 처음 독일에 갔을 때는 자전거를 타지 못하고 수영도 못 했다. 독일 친구들은 그 친구가 자전거를 타지 못하고 수영을 못 하는 걸 이해하지 못했단다. 그곳 아이들은 학교에 다니는 동안 당연히 수영을 배우고 자전거를 타고, 각종 운동을 자연스럽게 배운단다.

내가 사는 동네엔 일본인 학교와 독일인 학교가 있다. 코로나19 팬데믹이 찾아오기 전, 두 학교 운동장에선 학생들이 수시로 축구를 하고 있었다. 가끔 교사와 학생이 함께 자전거를 타고 동네 공원을 누비기도 했다.

고등학교 교목으로 지내던 시절, 부지런한 남학생들이 수업 전 혹은 점심시간에 땀을 흘리며 농구를 하는 모습이 활기

찼다. 그러나 체육 시간은 자습 시간이 되기 일쑤였다. 그 시간에 학생들은 몸에 쌓인 독소를 배출해 내지 못한 채 책상 위에 엎드려 잠을 청하거나, 입시를 위한 공부를 하느라 책에서 눈을 떼지 못했다. 안타까웠다. 혹 지금은 달라졌을까? 내가 있었던 고등학교에서 여전히 근무하는 선생님 한 분을 만나 요즘 체육 시간에 대해 여쭀다. 달라진 것이 없었다.

2022년 1월 5일, 이화여자대학교 국제대학원 교수로 있는 조기숙 선생님이 페이스북에 올린 글을 읽었다. 《아이를 살리는 교육》(공저, 지식공작소)에 실린 글 일부를 축약한 글로, 그 안에는 조기숙 선생님이 연구년 2년간 두 아들을 미국 학교에 보내면서 한 경험들이 들어 있었다.

글에 의하면, 미국의 경우 수영을 비롯해 여러 운동을 어려서부터 시키는데, 기지도 못하는 신생아에게 기저귀를 채우고 수영장 물속에 집어넣는다고 한다. 아기는 마치 엄마 뱃속을 헤엄치듯 자연스럽게 유영한다. 유치원도 가기 전에 꼬마 축구단, 야구단에서 운동을 한다. 초·중등 학생이 되면서부터는 정규수업으로 매일 체육을 한다. 고등학교는 10학년까지만 체육이 필수과목이고 그다음엔 선택과목이다. 미국 교육에서 체육이 중요한 이유는 체력단련 때문만은 아니다. 미국의 체육은 혼자

하는 운동보다는 팀으로 하는 것을 중시한다. 전인교육과 리더십 훈련을 중요시하기 때문이다. 우리나라의 경우 입시 부정으로 인하여 예체능 대학교수의 레슨이 금지되어 있지만, 미국에서는 아이들이 어려서부터 질 좋은 예체능 교육을 대학교수와 조교에게 받는다. 전공자만이 아니라 취미로 하는 학생도 대학교수에게 '저렴한' 가격에 레슨을 받을 수 있다.

미국 아이들은 대학에 가면 5시에 일어나 운동하고 식사를 하지만 한국 아이들은 늦잠 자다 아침을 거르는 경우가 많다. 한국 아이들이 악착같이 공부해서 미국 명문대에 척척 입학하고도 졸업을 못 하고 중퇴하는 학생이 상당수인데, 체력전에서 밀리는 것도 그 한 이유라고 한다.

《아이를 살리는 교육》이 2012년에 출간된 책이라 지금은 상황이 바뀌지 않았을까 싶어 페이스북 메시지로 조기숙 선생님께 지금과 상황이 다른지 물었다. 미국은 여전하며 다만 우리나라의 경우 중학교 체육 시간이 주 4회로 늘었으니 조금 좋아진 거라고 했다. 중학교 체육 시간이 주 4회로 늘었다고 하지만 그 내용까지 달라졌다고는 볼 수 없다. 다른 건 몰라도 미국의 체육 교육만큼은 부럽다.

손자 해와 달 중에 해의 체력이 약하다. 체력을 기르기 위해 작년엔 합기도 학원에 보내기도 했다. 학원을 갔다 오면 이미 6시가 넘고, 저녁을 먹고 나면 7시가 훌쩍 지났다. 고작 초등학교 2학년 손자가 그 시간에 기꺼이 학교 숙제를 하고 학습지를 푸는 게 쉬울 리 없다. 손자와 딸이 옥신각신 벌이는 씨름을 보며 가슴이 답답했다. 그러던 중 해의 다리뼈가 부러지면서 합기도를 쉬게 된 게 지금까지 이어진다.

많은 해와 달, 그리고 별들이 별도의 시간과 돈을 들이며 하루를 부족하게 사는 대신, 초·중·고등학교로 이어지는 체육 시간 안에서 즐겁게 배구하고 농구하고 야구하고, 합기도, 태권도, 수영, 자전거, 테니스, 탁구 중 뭐라도 기꺼이 즐기며 체력과 팀워크, 리더십을 키울 수 있는 날이 오면 좋겠다. 그나저나 이제는 코로나 시대가 되었으니, 그런 날은 영 틀린 건가.

건강을 위해서는 또 다른 출구를 찾아야 한다

길 위의 희망을 담은 책 《토닥토닥 걷기학교》에서 이병주 선생은 다음과 같이 묻는다.

답답한 일상으로부터 뭔가 '출구'가 필요한 아이들이 있다면, 그런데 그 출구가 게임, 흡연, 성적 방종 내지는 폭력적인 활동과 같은 더 큰 나락으로 벌어지는 도피성 출구가 아니라, 자신의 내면의 목소리와 만날 때 찾아오는 충만함을 경험하는 출구가 될 수 있다면, 그 출구는 무엇일까? 어디에 있을까? 《토닥토닥 걷기학교》, 비공, 41쪽.)

그리고 그는 다음과 같이 답한다.

그 출구는 '도시'보다는 '자연'에 있을 것이며, 그들에게 익숙한 어떤 짜릿한 외적 자극의 시간 속에 있기보다는 가만가만 자신을 만나게 되는 내면적 사색의 시간에 있을 것이다. 하지만 시시각각 변하는 날씨처럼 변덕스러운 감정과 단지 머리로만 이해하고 경험하게 되는 우리의 일상은 그런 출구를 마련해 주지 않는다. 우리는 온몸(whole person)으로 세상을 만나고 온몸을 세상 속에 참여시킬 때—즉 나의 모든 감각을 일깨워 세상과 정면으로 만나게 될 때—비로소 쉽게 퇴화하지 않는 바위처럼 묵직한 어떤 기억, 체험, 배움과 같은 것들을 얻게 된다. 긍정적이든 부정적이든 그것은 의식과 무의식을 넘나들며 나의 온몸 속으로 들어와 박혀서 이전과는 다른 시각과 안목과 느낌으로 세상과 사람을 해석하고, 그 결과 새롭게 해석된 세상을 살아가도록 지속적인 영향을 미치게 된다. 《토닥토닥 걷기학교》, 41쪽.)

저자가 생각하는 그 출구는 '걷기'였다.

한 인간이 스스로 자신의 고요한 마음을 만나기란 얼마나 어려운가! 하물며 매일 질풍노도의 시간을 정주행하고 있는 아이들이 자신의 마음, 자신의 느낌과 욕구를 헤아리며 그것들이 투명하게 드러나고 표현되는 고유한 시간을 갖기란 거의 불가능에 가깝다. 학교 성적, 스마트폰, 친구 관계를 유지하기 위한 스트레스, 사랑하지만 상처를 더 많이 받는 가족들, 이 모든 것으로부터 자유로울 수 있는 고요한 시간, 그러면서도 물이 오를 대로 오른 이팔청춘의 육체가 본능적으로 감지하는 움직임(살아 있음)의 욕구를 동시에 충족시켜 주는 활동이 바로 걷기라고 생각한다. 《토닥토닥 걷기학교》, 42쪽.)

저자는 아이들을 좋아하고, 외국어가 좋아 영어교사가 되었다. 2015년 육아휴직을 하게 되었을 때 아이들을 학교에 보내고, 도서관까지 걸어가서 문서작업을 했다. 그렇게 걷기 시작한 그에게 그가 걸은 길은 기쁨의 순간이자 자유로움의 공간이었고, 생각들이 터져 나오는 사색의 시간이었다. 그가 살던 곳은 마을 어르신 대부분이 농사를 짓는 시골이나 다를 바 없는 곳이었는데, 도심을 벗어난 한적한 숲속 언덕에서 도시를 내려다보노라면 바쁘고 번잡스러운 도시인의 삶이 함의하는 바를 좀 더 객관적인 시선으로 바라볼 수 있었다.

걸으면서 만난 크고 작은 새가 반가웠고, 걸으면서 이미 마음이 즐거워진 눈에 보이는 세상이 반갑고 밝게 보였다. 기억에서 완전히 사라졌던 유년 시절 걸었던 고향의 길이, 그 길을 함께 걷던 사람들이 떠올랐다. 다른 기억은 사라졌어도 두 발로 걸었던 길들과 어린 몸으로 만났던 세상은 존재 깊숙이 새겨져 있음을 알게 되었다. 걸으면서 전신에 온기가 돌고 몸이 편안해지니, 생각도 자유롭게 확장되어 갔다. 사방팔방으로 뻗어 나가던 생각들이 '이런 좋은 걷기를 교육과 혹은 학교와 접목할 방법은 없을까' 하는 지점에 닿게 되었다. 돕는 손길들이 생겼고, 2017년 방황하는 아이들, 또 그 아이들로 인해 힘들어하는 교사와 부모를 돕고 싶어 걷기학교를 시작했다. 도중에 중국으로

가면서 중단되었고, 돌아온 후에는 코로나19 팬데믹으로 인해
중단되었지만, 걷기학교의 경험을 잊지 않고 있다.

> 학교에서 바쁘게 흘러가는 수많은 날 중 겨우 시간을 내어 2박 3일, 그것
> 도 안 되면 1박 2일이라는 짧은 일정으로 다녀오는 걷기학교! 그럼에도 불
> 구하고 걷기학교에 초대할 아이들을 놓고 고민을 시작할 때부터 걷기학교
> 를 마무리하는 모든 과정 속에는 예기치 않았던 '기쁨'이 관통하고 있었다.
> … 사랑으로 초대한 아이들 그리고 동료들과 '함께 걷는 공동체'를 이루어
> 길을 가고 삶을 나누면서 학교에서는 한 번도 보지 못했던 아이들의 속마
> 음과 진심을 알게 되는 깊은 만남으로까지 확장되었다. (《토닥토닥 걷기학
> 교》, 38쪽.)

저자는 걷기학교를 '기쁨의 학교'라고 정의한다. 길이 주는
기쁨, 그 속에서 교사와 학생, 어른과 아이라는 경계를 넘어 환
대와 사랑으로 어우러진 기쁨을 맛본 것이다. 그리고 그 기쁨의
학교가 수천 수만 갈래의 아름다운 길을 가진 우리나라 방방
곡곡으로 진행된다면 그 길 위에서 숱한 기쁨의 만남들이 만개
하듯 피어날 것이라고 한다.

적지 않은 철학자들이 걷기를 예찬한다. 작은 도서관 관장

인 지인은 같이 책 읽고 필사한 후 함께 산책하는 시간으로 하루 혹은 2박 3일간의 독서 피정을 운영한다. 나 역시 집 주변 도심 안의 공원을 걸으면서 풀과 꽃과 나무와 하늘과 세상을 볼 때 나를 만나고, 풍성한 생각이 피어난다. 귀향한 지인, 산림 지킴이로 직업을 바꾼 지인이 올려 주는 자연의 사진과 그들의 시를 보며 아침을 시작한다. 그분들은 자연스레 자연을 닮아 있다. 자연과 동화된 이들에게서 아름다움을 느낀다. 도심에 사는 내 생각과 글은 어쩐지 작위적이라는 느낌이 종종 든다.

아직은 핸드폰을 사랑하지 않지만, 손자 해와 달도 어느새 학습용 태블릿으로 게임에 빠져들기 시작했다. 현대를 살아가려면 별수 없이 어느 정도 할 줄도 알아야 할지 모른다. 다만 일상에서 진정하고 바람직한 출구를 찾지 못해 혹 도피성 출구로 게임 등에 빠지지 않기를 바랄 뿐이다. 그러기 위해 우리의 해와 달, 그리고 별들이 더는 도심에, 교실 안에만 붙잡혀 있지 않고, 밖으로 나가 온몸(whole person)으로 세상을 만나고 온몸을 세상 속에 참여해 쉽게 퇴화하지 않는 바위처럼 묵직한 어떤 기억, 체험, 배움과 같은 것들을 얻을 날들을 기다린다.

다행히 해와 달은 일주일에 1박 2일, 혹은 2박 3일 캠핑을 떠난다. 짧은 캠핑이지만 그로 인해 자연을 접하고 자연을 닮아 가면 좋겠다. 그곳에서 만나는 살아 움직이는 생명을 사랑하게 되고, 베어지는 나무들을 보면 마음 아파할 줄 알게 될 것이다. 농토가 갈아엎어지고 시멘트가 덮이는 것을 보면 가슴을 칠 수 있게 될 것이다. 그렇게 초록 사람이 되면 좋겠다. 도회지에서 소위 성공한 어떤 인사가 되기보다는 자연을 소중히 여기며 그곳에서 휴식을 누릴 줄 아는 사람이 되었으면 하고 바란다. 내가 다 볼 수도, 알 수도, 열거하지도 못하거니와, 언제라도 누구라도 다 파악할 수 없는 자신들의 독특함을 알아가고 사랑하며, 혐오가 가득한 이 세상에서 다른 존재들의 고유함을 존중하며 커가기를 소원한다.

우리의 먹거리가 불안하다

아프고 난 후 단백질 섭취를 위해 육류 섭취를 늘렸다가 최근 다시 줄였다. 약간의 고기를 먹지만 콩, 두부, 달걀 등으로 대체한다. 필요 이상의 육식은 성인병을 유발한다. 더 많은 육류 소비를 위해 시작된 공장형 축산이 지구를 어떻게 위기에 빠뜨리는지 늦게서야 알게 되었다. 공장형 축사와 사료용 식물 재배를 위해 지구의 허파였던 밀림 대부분을 밀어냈다. 그러자 지구의 온도가 상승했고 상승하고 있다. 육류 소비가 줄지 않는다면 이 현상은 더욱 가속화될 것이다.

지구 온도가 올라가면서 빙하가 녹고 있다. 거대한 수산업 시스템은 생물의 종 75% 이상을 멸종시켰다. 수온이 올라가고 바다의 먹이사슬도 파괴되면서 탄소를 흡수하고 대기 온도를 식히는 기능을 바다는 더 이상 지난날처럼 할 수 없게 되었다. 바다의 열대우림으로 불리며 다양한 생태계를 구성해 어류, 연체동물, 벌레류, 갑각류, 극피동물, 해면동물, 기타 조류 등 모든 해양 생물의 25% 이상에게 서식처를 제공한다는 산호초가 곳에 따라서는 90% 이상이 죽었다. 이런 사실을 안 뒤로 나는 생선 섭취도 줄였다. 총체적으로 진행되는 지구의 위기를 마주하며, 세상에 연결되지 않은 것이 없고 더불어 살아야 살 수 있음을 절감한다. 이 지구의 위기는 한 사람 한 사람 개인의 노력으로는 도저히 어쩔 수 없는 정도에 이르렀다. 인류가 살아온 방식의 전면적인 전환이 필요하다. 그렇지만 개개인의 다각적인 노력도 멈출 수 없다. 내가 육류와 생선 소비를 줄인 건 개인적인 노력의 동참이다.

닭의 복지와 먹는 이의 건강을 위해 닭장 아닌 풀밭에 방사해 키우는 닭이 낳은 알을 배달해 먹은 지 오래지 않다. 유전자 변형을 하지 않은 국산 콩나물과 국산 콩으로 만든 두부를 산다. 수년 전 농가펀드에 가입했다. 그곳에서 옥수수, 고구마, 감자, 양파, 키위, 잡곡, 쌀떡, 들기름, 양파 등을 계절에 따라 보내온다. 배추와 무는 덤으로 온다. 건강한 먹거리를 위한 행동이며, 좀 거창하게 말하면 나만이 아닌 지구에 함께 사는 생명체 모두를 생각하는 행위이기도 하다. 농가펀드 주인장 최혁봉 농부는 서울에서 전도사로 지내다가 땅을 살리고 사람을 살리겠다는 의지를 갖고 십수 년 전 벌교로 내려갔다. 농부는 경운, 비닐멀칭, 살충제와 제초제, 화학비료를 사용하지 않는다. 땅을 살리고, 소비자의 건강을 생각하고, 지구를 살리겠다는 생각이다. 남보다 몇 배 힘들지만, 같은 마음을 지닌 농가 펀드 회원들이 있어 가능하다.

어쩔 수 없이 유전자 변형 작물로 만든 식품을 먹는 현실이 불안하다. 1990년대 후반 우리나라의 흥농종묘와 중앙종묘를 사갔던 세미니스를 2005년 몬산토가 인수했다. 국내 토종 씨앗과 육종 기술이 해외로 유출되고 국내 농가가 부담하는 로열티 액수가 급증했다. 무·배추·고추 등 토종 채소 종자의 50%가 다국적기업 소유가 됐고, 양파와 당근, 토마토의 경우 80%가 외국계 소유가 됐다. 이제 씨앗은 식량의 보급원이 아니라 단지 상품이 되어 식량 주권이 위협을 받고 있다.

이런 현실에 저항하며 토종 씨앗을 지켜내는 일을 자처한 분들이 있어 다행이다. 가끔 그런 분들에게서 토종 콩을 사거나 토종 씨앗으로 만든 떡을 사곤 한다. 토종 씨앗으로 만들어진 식품 대신 맛을 조작하고 화학비료와 살충제에 적합하게 변형한 유전자 변형 작물로 만든 식품이 식탁 위에 올라오면서부터 비만 및 다양한 병증이 늘고 있다. 유전자 변형 작물의 경우 영양 성분이 균형을 이루지 못하지만, 토종 식품과 비교해 값이 싼 점이 소비자를 유혹한다. 한쪽에서는 20억 인구가 굶주림과

영양실조에 시달리고 다른 한쪽 20억 인구는 비만, 당뇨, 혹은 음식물이 유발한 암과 같은 질병으로 고생하고 있는 게 오늘 우리의 현실이다.

　대학 연구원이라고 알고 있던 류기석 씨가 어느 날부터 숲 속의 아주 작거나 조금 큰 벌레, 곤충, 이끼와 버섯, 꽃과 풀과 나무, 그가 심은 배추, 토마토, 가지 등 농작물, 산과 바람, 하늘과 숲길들을 SNS에 올리기 시작했다. 31년간 다닌 직장을 명예퇴직하고 계약직 숲길조사원으로 근무를 시작했다고 했다. 1996년 도심의 아파트를 정리한 후 농가 주택을 얻어 살면서 텃밭, 몇몇 동물, 우리 들꽃으로 가득한 정원을 시작했으며 이후 국내외 생태공동체, 영성 마을 등을 방문해 공부하며 야생의 정원에 눈을 떴다고 했다.

　어느 날, 고구마 수확에 관해 그가 페이스북에 올린 사진과 기사를 보고 깜짝 놀랐다. 붉고 실한 고구마들 사이로 몸을 드러낸 크고 작은 별의별 땅속 생물들이 내 눈을 사로잡았다. 지렁이, 굼벵이, 박각시나방 애벌레와 흰점빨간긴노린재, 도룡뇽이라고 했다. 사진과 함께 올린 기사를 읽어 보니, 감성 농업을 위한 실험으로 한 줄은 고구마 대신 라벤더를 심었다. 라벤더는 농부에게만 꽃과 향기로 즐거움을 선물하는 것이 아니라

작물에게도 좋은 영향을 준단다. 그 전년도 고구마 농사에 사용한 비닐멀칭과 심는 도구를 2021년에는 일체 사용하지 않고, 제초제와 비료도 사용하지 않았단다. 거두절미하고 그해 고구마 농사는 엄청난 풍년이었다. 땅속 생물이 공생 공존하며 농사를 도운 것이다. 농약과 제초제 없는 수확이 가능함을, 땅도 그 안의 다른 생명체들도 죽이지 않고 함께 살아갈 수 있음을 알려 주고 있는 분들이 있다.

농약이나 제초제는 세계대전이 끝나고 사람을 살상하는 데 사용했던 화학물질이다. 전쟁 산업이 망하지 않고 유지되도록 고안된 전쟁의 유물이다. 모든 곤충과 풀을 박멸해야 할 적으로 인식하게 만들고 더 강력한 생물 억제제, 살충제, 제초제를 만드는 산업이 육성되었다. 화학살충제가 익충을 죽이자 그 자리를 질병과 내성이 강해지는 해충이 차지했다. 합성 비료는 토양이 자연적으로 살아 숨 쉬게 만드는 토양 유기체들을 죽임으로 토양을 비옥하지 못하게 한다. 화학비료는 토양의 침식과 토질 악화를 심화시킨다. 한 예로 어떤 지역들에서는 지난 30년간 유독성 살충제로 인해 벌의 75%가 사라졌으며, 벌의 감소는 농약이나 제초제 등이 가지고 있는 문제를 드러냈다.

그뿐 아니라 화학물질들은 물을 오염시킨다. 오염된 물들

이 강과 바다로 흘러가 생명의 다양성을 파괴하고 있다. 문제가
그야말로 심각하다.

　다시 생태적 농업이 주목을 받고 있어 다행이다. 지역 곳곳
에 최혁봉 농부 같은 분들과 류기석 생태운동가 같은 분들이
있어서 감사하다.

　창조 때부터 보기에 좋았던 뭇 생명은 서로에게 먹을거리
를 제공하며 함께 살아가는 지혜를 공급한다. 그 뭇 생명과 세
계의 식탁을 준비하는 소농들을 위한 기도와 실천이 필요하다.
지금 세계의 식탁을 차리고 있는 게 화학비료와 제초제 기업에
서 생산한 종자와 유전자 변형 유기체 농협과 생명공학 기업이
라고 생각한다면 대단한 착각이다. 실제로는 30%만이 기업이
운영하는 산업형 농장에서 나온 것이고 나머지 70%는 자그마
한 땅에서 일하는 소농들에게서 나오고 있다. 한편 기업형·산
업형 농장은 모든 면이 연약하기 짝이 없는 생명의 그물을 교
란하며 식량안보의 토대를 파괴하고 있다. 그들은 지구에 가해
지는 생태파괴에 대해 75%의 책임이 있으면서도 사실상 세계
를 부양할 수 없다. 소농들이야말로 농업의 진정한 사회적 토대
인 것이다. (반다나 시바, 《이 세계의 식탁을 차리는 이는 누구인가》,
책세상, 9-15쪽 참고.)

어떻게 죽을 것인가?

척추 수술 후 일 년 뒤, 죽음을 묵상해야 했던 그때부터 나는 죽음을 의식하며 살고 있다. 감사한 일이다. 언제 다시 아프게 될지 모른다. 그렇지 않더라도 노화를 거스를 수 없는 나이가 되었다. 노화의 과정은 그리 녹록하지 않다. 할머니, 시부모님과 친정부모님이 힘든 노화의 과정을 거쳐 그 끝에서 돌아가시는 걸 보았다. 나도 그렇게 될 것이다.

"사람이 얼마나 굶으면 죽을 수 있을까?" "어떤 사람은 보름 동안 아무것도 먹지 않고 죽었대." 지금은 돌아가신 엄마가 나와 함께 지내는 동안 하시는 말을 들으면서, 제대로 움직이지 못하는 가련한 엄마에게 수면제 몇십 알 혹은 몇백 알을 드시게 해서 돌아가실 수만 있다면, 그렇게 해서 편하고 조용히 잠드신 상태에서 돌아가실 수만 있다면, 그렇게 해드리고 싶었다. 수영장에서 만난 어떤 분은 자신이 움직일 수 없는 상황이 된다면, 조용히 강물로 들어가겠다고 했다. 그 자신에게도 남은 가족에게도 끔찍한 일이다. 또 어떤 지인은 혼자 산속으로 들어가 식음을 전폐하고 죽겠다고 한다. 너무 외로울 것 같다.

　나의 할머니는 마지막으로 눕게 되자 병원에 가길 거부하셨다. 음식도 거부하셨다. 시간이 지나면서는 어쩔 수 없이 아무것도 넘길 수 없는 상태가 되신 것 같다. 타들어 가는 입술을 적시기 위해 잘게 쪼갠 얼음을 부탁하셨다. 40일가량 누워 계셨고, 돌아가실 때를 아셨는지 그 며칠 전 며느리인 나의 엄마에게 고맙다는 마지막 인사를 하셨다. 아들·며느리와 큰손자와 큰손녀(나의 큰오빠와 큰언니)가 그날 동안 할머니와 함께 있었다. 나는 그렇게 하지 못했다. 소박하기만 했던 할머니의 삶만큼이나 할머니의 죽음도 존경스럽다. 할머니의 삶과 죽음 모두에 소리 없는 위엄이 있다.

　엄마의 헌신적인 사랑이, 삶이 감사했다. 엄마의 죽음에도 위엄이 있기를 바랐다. 나는 엄마 혼자 마지막 길을 가게 하고 싶지 않았다. 그러나 엄마는 노인병원 병실에서, 마침 도착한 손자의 얼굴만 보았을 뿐 당신의 5남매 중 아무도 없는 시간에 외롭게 가셨다. 남편을 잃은 후 건강이 나빠져 정든 자신의 집을 떠나 자녀들의 집을 거쳐 요양원으로 옮기며 산 엄마의 마지막 삶도 인정하고 싶지 않지만 초라했다. 나는 엄마처럼 세상을 떠나고 싶지 않다. 내가 살던 집을 떠나 외롭게 죽고 싶지 않다. 날 맑은 어느 날, 식구들과 얼굴을 마주하고 감사의 인사를 나눈 후, 약이든 주사든 편한 방법으로 이 세상을 떠나고 싶으나 그건 그저 마음뿐. 현실적으로는 불가능하다. 스스로 곡기를 끊고 죽음의 길을 걷겠다고 다짐한다.

나는 앞으로 남은 삶의 열쇠가 내 손에 쥐어져 있다는 사실을 알고 있다. 이제 나는 우리가 가기로 마음먹으면 언제라도 갈 수 있으며 평화롭고 고요한 가운데 위엄을 지키며 죽을 수 있다는 것을 알고 있다. 스코트가 그랬듯이 음식 먹는 일을 멈출 수 있다. 죽음이 우리의 목적이라 한다면, 음식은 우리를 육체에 매이게 하는 미끼요 독이다. 육체에 음식물 공급을 멈추면, 육체는 기울어져 죽음에 이른다. 죽음은 삶의 모험을 끝내는 것이 아니다. 그것은 다만 육체가 끝나는 것일 뿐이다. (헬렌 니어링, 《아름다운 삶, 사랑 그리고 마무리》, 보리, 10-11쪽.)

쉬운 일이 아님을 알고 있다. 먹는 데 진심인 내가 곡기를 끊어 삶을 마감하겠다고 하니 "당신이 굶는다고?" 하며 남편이 코웃음을 친다. 수면제의 도움을 받으면 잠에 취해 혹 식욕이 사라지지 않을까. 그러다 보면 서서히 몸의 기운이 약해지고 이런저런 욕구가 함께 소멸하지 않을까 궁리해 본다.

죽음이 멀리 있지 않음을 안다면, 당장 내일 혹은 아주 가까운 시일 안에 죽을 것을 안다면, 혹은 죽기를 결정했다면, 오늘 당장, 혹은 얼마 안 되는 남은 시간을 사람들은 어떻게 보낼까. 생각지도 않은 순간 재난을 맞은 사람들이 죽음을 코앞에 두고 핸드폰으로 전송한 메시지들은 대체로 한결같다. 그날 아침, 혹은 과거 어느 때 아픈 말을 한 것에 대한 후회, 그간 사랑하지 못했음에 대한 사과, 사랑했다는 고백들이다. 죽기로 작정하고 사랑하는 이들에게 남긴 유서 내용도 크게 다르지 않다. 위기의 순간, 삶이 얼마 남지 않았음을 자각하는 순간, 사람들은 본능적으로 삶에서 꼭 필요한 것이 무엇인지 알게 되는 것 같다. 사랑. 화해. 용서. 격려.

나 역시 다르지 않다. 앞서 《이 정도면 충분한》(홍성사)을 썼다. 나의 생을 기록한 그 책에 나는 친밀하지만, 실제 많은 부분 피상적으로 관계해 온 가족에게 나의 진심 어린 사랑을, 미안함을 담았다. 이 책 《몸을 돌아보는 시간》 머리말에도 가족과 몇몇 분을 향한 감사와 부탁을 넣었다. 둘 다 죽음을 인식한 사랑의 행위다. 이후로 또 글을 쓴다면 진솔하게 나 자신을 만나고, 남겨진 사람들에게 표현하지 못한 사랑을 나누는 것이 될 것이다. 죽음의 준비다. 레이첼 카슨이 말했듯 글을 쓰는 일이 속죄, 자기 구원, 생명줄이 되어 사랑하는 이들에게 다가가는 것이 될 것이다.

가족과의 불화로 힘들게 살거나, 깊이 사랑하면서도 친밀하지 못해 어느 정도 오해하고 오해받으며 불필요한 아픔을 간직하고 살아가는 사람이 참 많다. 페이스북 지인 한 분이 돌아가신 아버지의 유품을 정리하면서 발견한, 30년간 기록해 온 일기를 읽었다며 소회를 올렸다. 그 기록을 읽는데 가부장적 사회에서 살아온 아버지들이 짊어진 무게와 받은 오해가 생각나 가슴이 뭉클해졌다. 우리 집 남편도 딸들에게 가부장적인 아빠였다. 딸 둘이 아빠가 기대한 길을 가지 않아 갈등이 잦았다. 그럴 때면 어쩔 수 없이 관계가 냉랭했다. 시간이 지나 관계가 풀어지긴 했지만, 아빠와 두 딸 사이에 어쩔 수 없는 거리감이 있었다. 나도 힘들었다.

그러나 딸들이 출가하여 독립하고 손자들이 생기면서 남편이 달라졌다. 제대로 키워야 한다는 부담을 벗어서인지 확실히 권위를 좀 내려놓은 것 같다. 그리고 눈에 보이는 변화가 지난 명절에 일어났다. 작은딸이 왔다가 집으로 돌아가기 전, 두 팔로 아빠를 안아 줬다. 어린 시절 이후 처음 있는 일이다.

"나는 우리 애들이 나한테 와서 안기고 했으면 좋겠어."

오래전 남편이 내게 말했던 그 바람이 이루어지고 있었다. 이미 변화는 시작되고 있었고, 그날 그 변화가 눈에 보인 것이다. 아이들에게는 아빠의 진심 어린 사랑을 부인할 수 없는 잊을 수 없는 기억들이 있다. 그럼에도 가까워질 수 없었던 관계에 한 획을 긋는 일이 시작된 것이다. 어느 책 제목처럼 '깨달음은 더디' 올지 모른다. 그러나 시간이 우리를 기다려 준다는 보장이 없다. 시간이 가기 전, 누구라도 용기를 갖고 사랑을 표현할 수 있으면 좋겠다.

어떻게 살 것인가?

대전지법 행정2부(부장 오영표)는 2021년 10월 7일, 변희수 전 하사가 육군참모총장을 상대로 낸 전역 처분 취소 청구 사건에서 변 전 하사 유족의 손을 들어 줬다. 재판부는 (변 전 하사가) 성전환 수술 직후 법원에 성별 정정 신청을 하고 이를 군에 보고한 만큼 군인사법상 심신장애 여부 판단은 여성을 기준으로 해야 한다면서, 남성의 고환 결손이 원고의 심신장애 사유라는 전역 처분은 위법하다고 판결했다.

변 전 하사는 2019년 휴가 중 외국에서 성확정수술을 받은 뒤 같은 해 12월 청주지방법원에 성별 정정 신청을 했다. 그러나 군은 변 전 하사에 대해 심신장애 3급 판정을 내리고 2020년 1월 전역을 결정했다. 청주지방법원이 2020년 2월 변 전 하사의 법적 성별을 여성으로 정정했지만, 군의 전역 조치는 번복되지 않았다. 변 전 하사는 법적 여성이 된 그해 8월 육군을 상대로 전역 처분을 취소해 달라는 소송을 제기했으나 2021년 3월 자택에서 숨진 채 발견됐다. 유족들은 변 전 하사 대신 소송을 이어 가길 원했다. 재판부는 군 지위(복무)는 상속 대상이 아니지만, 전역 처분이 취소되면 급여지급권을 회복할 수 있다면서 유족들이 원고 자격을 이어받을 수 있다고 판단했다(<서울신문> 2021년 10월 7일, "故 변희수 하사 강제 전역 부당… '성전환으로 심신장애' 위법 판결").

세상에 같은 사람은 없다. 그야말로 타고난 저마다의 특질들이 부모와 형제를 비롯한 다양한 사람들과 각양의 환경을 만나 역시 제각각의 인물이 되어 간다. 어디 사람뿐이랴. 세상에 존재하는 모든 것이 그렇다. 얼마 전 읽은 어떤 책에 의하면, (이것 역시 사람이 알아낸 범위 안에서만 그럴 테지만) 은하계 안에만도 1,000억 개가 넘는 다양한 별이 있으며, 지구 위에 사는 개미 종자는 1만 2,000종, 파리는 8만 5,000종, 소라는 1만 8,000여 종, 육지의 달팽이만 3만 5,000종, 매미는 2,500여 종, 국화는 2만 여 종에 이른다고 하니 말이다.

같은 종이라 해도 제각각 다르다. 새끼에게 먹이를 주기 위해 며칠을 날아다니거나 헤엄을 치다가 돌아온 새나 동물들은 자기 새끼의 목소리를 구별해 낸다. 수만 마리의 새끼 떼에서 자신의 새끼를 찾아낸다. 그렇게 존재하는 모든 것이 유일무이다. 누구도 함부로 타자의 삶을 판단해 저주해서는 안 되고,

누구나 자신의 존엄을 잃지 않고 저 자신의 모습대로 살아야 행복하다. 누구라도 자신에게 살도록 주어진 날이 짧은 걸 알게 된다면, 다양하기만 한 삶의 가능성 안에서 몇 가지 안 되는 대중의 욕구에 부응하며 따라 사는 삶의 공허함을 거부할 것이다. 자신의 고유함을 따라 얼마 남지 않은 삶을 살아내려 할 것이다.

며칠 전 지인인 김동석 목사님이 무려 네 시간에 걸쳐 에니어그램으로 성격 테스트를 해주셨다. 에니어그램을 따로 공부한 건 아니지만 나 역시 목회상담 전공자라 다양한 성격 테스트에 관해 어느 정도 지식이 있는 편이고, 테스트를 해준 목사님이 심도 있게 상당 시간 대화와 질문을 하며 해주셨기에 많은 도움을 얻었다. 나는 에니어그램 5번에 해당하는 '사색가' 유형이다. 지식에 대한 탐욕이 많다. 늘 새로운 지식을 갈망하고 오랜 기간 새로 알게 된 지식이 없으면 '내가 지금 잘 살고 있는 건가?' 의심하게 된다. 이미 알고 있는 지식에 대해서도 새로 알게 된 지식과 연계하여 나만의 독립적이고 창의적인 사고를 하려는 경향이 뚜렷하다.

사색가 유형인 나는 4번 예술가 유형과 6번 충실한 사람 유형을 내 날개로 사용한다. 4번 예술가 유형은 독창적이며 민감하고 자의식이 강하다. 타인 안에서 그만의 아름다움을 발견한다. 6번 충실한 사람 유형은 친구나 자기가 믿는 이상, 신념 등에 충실하게 움직인다. 사색가 유형이 상태가 불안정할 때는 7번 낙천가 유형을 나타내는데, 많은 일을 하고, 바쁘게 움직이며 재미를 추구하는 방식으로 자신의 불안을 숨기려 한다. 상태가 안정되고 성숙이 되었을 때, 독립적이며 리더십을 발휘할 수 있는 8번 지도자 유형으로 갈 수 있다.

내 경우 어릴 적 부모로부터 나 아닌 다른 사람이 되라는 압박 같은 것을 받지 않고 자랄 수 있었기에 5번 사색가 유형이 뚜렷하고 4번 예술가 유형을 많이 사용해서 사람들로부터 '별나다'는 말을 많이 들었고 지금도 그렇다.

(참고로, 에니어그램 9가지 유형은 1번 개혁가, 2번 조력가, 3번 성취자, 4번 예술가, 5번 사색가, 6번 충성가, 7번 낙천가, 8번 지도자, 9번 중재자이다. 누구나 1번에서 9번 요소를 다 가지고 있지만 그중 좀 더 많은 요소를 가진 것을 토대로 유형을 결정짓고 그 사람의 성격을 판단한다.)

우리 가족들 한 사람 한 사람이 각각 다른 유형이고, 각각 다른 날개를 사용한다. 남편과 내가 자라온 환경이 다르니 거기서 자기가 타고난 유형이 어떻게 발현되는지가 또 다르다. 두 딸 역시 다른 유형을 갖고 태어났으며 출생 순위가 다르고 부모와

의 관계가 다르게 형성되고 전공과 직업이 달라 각각의 유형이 또 다르게 나타나고 있다.

남편과 나 그리고 두 딸은 그야말로 한결같이 다른 유형으로 태어나, 각각 다르게 그 성격이 형성되어 가는 동안 참 많이 부딪치며 갈등도 만들면서 힘들게 지냈다. 그러나 오랜 부딪침의 시간을 통해 어느 순간부터 서로를 이해하고 각자의 특성대로 살아가도록 놔두면서 온 가족이 평화롭게 지낼 수 있게 되었다.

너무 꼼꼼한 나머지 뭐든 정확한 자리에 없으면 짜증을 내던 남편이 뭐든 아무 데나 던져놓고 찾느라 허둥대는 나를 이제는 웃으며 잘도 참아 준다. 내 침대를 정리해 주고 베개와 벗어 놓은 마스크를 소독을 위해 햇볕에 말려 준다. 나는 그 혜택을 고스란히 누린다. 계획 없이 마음이 이끄는 대로 돈을 쓰고 저축하지 못하는 나라면 벌써 살림을 말아먹었을지 모르는데, 절약하고 절약하며 꼼꼼하게 재정을 관리해 온 남편 덕에(물론 우리가 살아온 세상은 개천에서 용이 날 수 있고, 저축해서 집을 살 수 있는 세상이기도 해서) 남은 날 동안 끼니 걱정 없이 살 수 있다. 한때 지식을 향한 열망이 없음을 두고 남편을 타박했지만, 이제는 포기한다. 포기하는 게 마땅하다고 생각하게 되었다.

얼마 전 어떤 자리에서 "더 이상 경탄하지 않는 사람은 죽은 거나 마찬가지다"라는 아인슈타인의 말을 인용하며 나는 늘 경탄할 준비를 하고 있다고 했다. 그리고 그 생각을 남편과 모든 사람에게 적용하려고 했다. 그러나 며칠 전 받은 그 에니어그램 검사에서 각 유형에 대한 설명을 심도 있게 나누면서 생각을 바꿨다. 역시 나는 사색가 유형답게 새로운 지식을 받아들여 삶에 바로 적용한다. 새로운 지식이나 새로운 실천이 아니라도 각자가 가진 다양하고 소중한 그 사람만의 본질로 세상을 좋게 만들어 갈 수 있다고 생각한다.

서로 다른 한 사람 한 사람에게 감사할 수 있다. 대중의 생각과 다른 어떤 소수자들을 받아들일 수 있고, 그들로 인해 세상에 더 많고 넓은 생각들이 가능해지는 게 좋다. 우리는 서로 다르게 태어났으며, 서로 다른 환경에서 계속해서 다르게 만들어져 가는 독특하고 유일무이한 존재다. 나는 그들만의 삶을 응원, 지지한다. 그리고 나 역시 나만의 유일무이한 나의 삶을 살아갈 것이다.

'Earth'가 아닌 'Eaarth'

　폭염과 화재. 2018년 북반구의 여러 지역, 유럽과 일본, 한반도, 중국을 포함한 동아시아와 북미 지역에 폭염이 발생했다. 미국 캘리포니아주에서는 규모가 최대인 화재가 일어났고, 그리스의 아티키산에는 최악의 화재가 발생했다. 스웨덴에서는 5월부터 8월까지 산불이 이어졌다. 이때 여러 나라 소방관들과 공군 전투기가 화재 진압에 참여해야 했다.

　2019년 9월 2일, 오스트레일리아에서 거대한 산불이 발생했다. 그 산불은 해를 넘겨 2020년 2월 13일이 되어서야 진화되었다. 연무가 오스트레일리아를 넘어 뉴질랜드, 나아가 남아메리카 대륙 태평양 연안과 멀리 도쿄만까지 퍼졌다. 한반도 면적의 85%에 해당하는 숲이 사라졌다. 수십 명의 사람이 희생되었고, 약 12억 7,000여 마리의 야생동물이 타죽었다.

　팬데믹. 지금 전 세계를 공포로 몰아넣은 코로나19 팬데믹은 인간이 자연과의 관계를 잊고 자연을 도구로 인식하고 착취

한 결과다. 미국 경제학자 제러미 리프킨은 2020년 <경향신문>과의 인터뷰에서 기후변화로 팬데믹이 초래됐다고 단언하면서 기후변화의 원인으로 크게 세 가지를 꼽았다. 첫째, 물 순환 교란으로 인한 생태계 붕괴다. 섭씨 1도씩 뜨거워질 때마다 대기는 7%씩 더 많은 강수량을 빨아들인다. 통제가 어려운 물난리를 겪거나, 거칠고 극단적인 기후 현상으로 인해 가뭄과 산불이 일어난다. 둘째는 지구 면적의 77%를 차지한 인간의 야생 침범이다. 야생을 개발해 단일 경작지를 만들고, 숲을 밀어 만든 방목지가 기후변화를 유발한다. 셋째로 야생 생명들이 이주한 것이다. 기후 상승으로 인해 기후 재난(산불 등)이 일어나고 서식지가 파괴되면서 인간 곁으로 옮겨 온 것이다. 바이러스는 동물의 몸에 올라타 이동했다. 최근 몇 년 동안 에볼라, 사스, 메르스, 지카와 같은 전염병이 발생한 이유다. 리프킨은 지구의 공공 복원에 위협이 초래된 상황에서 앞으로 더 많은 전염병이 창궐할 것으로 전망한다.

세계적인 환경저널리스트이자 국제환경운동가 빌 매키번이 말했듯, 우리가 사는 지구는 과거의 지구, 1968년 달에서 찍은 '지구돋이'가 보여 주는 아름다운 지구 'Earth'가 아닌, 새로운 지구 'Eaarth'다. 이산화탄소와 메탄가스 등이 만들어 낸 새 지구다. 빙하 덕분에, '허파'였던 정글 덕분에 살아온 생명 모두가 빙하가 보이지 않는 북극, 굴뚝이 되어 버린 정글을 품은 새로운 지구 'Eaarth'에서 이미 충분하게 위태롭다.

세계 과학자 25명이 발표한 논문 <인류를 위한 안전한 운용 공간>에서 넘어서는 안 될, '행성 경계'라는 개념이 처음으로 소개됐다. 이것은 한 번 선을 넘어가면 인류에게 돌이킬 수 없는 환경 변화를 유도할 만한 '잠재적 경계선'을 말한다. 그 안에는 '기후변화', '성층권 오존층의 파괴', '생물 다양성 손실률', '화학물질에 의한 오염', '해양산성화', '담수 소비', '토지이용의 변화', '질소·인에 의한 오염', '대기오염 혹은 에어로졸 부하'와 같은 9가지 경계선이 있다. '기후변화', '생물 다양성 손실률', '토지이용의 변화', '담수 소비', '질소·인에 의한 오염'은 이미 한계를 넘어 위험지대에 들어섰다. 특히 생물 다양성이 위험 한계를 넘어서서 종이 너무 빨리 손실되고 있다. 최상의 포식자 즉 먹이사슬 상층부에 포진한 종의 손실은 자연의 생명유지장치 전반을 삽시간에 변화시킨다. 이제 지구는 어떤 작은 변화 하나가 일어나도 어떤 일이 벌어질지 모르는 초위험 상태에 놓인 것이다. (넷플릭스 다큐멘터리 <브레이킹 바운더리>와 강금실, 《지구를 위한 변론》 참고.)

5부작으로 된 EBS 다큐프라임 <여섯 번째 대멸종>은 "인류 재앙의 서막", "침묵의 봄", "탄소 행정", "사라진 경계", "멸종 위기종 인류"를 방영하면서 생태계를 파괴한 인류에 의한 마지막 희생이 누가 될지 묻는다. 당연히 우리 인간이 될 것이다. 그럼에도 우리 인간은 여전히 발전 속도를 늦추지 못하고 있다.

2018년 8월, 262년 만의 폭염을 겪은 스웨덴에서 15세의 중학생 그레타 툰베리가 등교를 거부하고, 의회 앞으로 가 1인 시위를 하며 정치인들에게 기후위기에 대한 행동을 촉구했다. 이 시위는 "미래로 가는 금요일"(Fridays for Future, FFF)이라는 이름의 거대한 물결이 되어 전 세계로 퍼져 나갔다. 2019년에는 150개국 이상의 도시에서 수백만 명의 학생들과 청년들이 참가한 다양한 운동으로 발전했고, 2020년 2월엔 전 세계 7,500개 도시에서 1,400만 명이 참여했다. 우리나라 '청소년기후행동'은 2019년 '기후위기시위'에 참여했으며, 2020년 3월에는 소속 청소년들이 '정부의 소극적인 기후위기 대응이 생명권과 환경권 등 헌법적인 기본권을 침해하고 있다'면서 기후변화 관련 헌법소원을 청구했다. (《지구를 위한 변론》 참고.)

과학자 혹은 방송인, 혹은 뜻있는 개인들이 나서서 <산호초를 따라서>, <씨스피라시>, <카우스피라시>, <대지에 입맞춤을>, <우리의 지구를 위하여>, <나의 문어 선생님>,

<브레이킹 바운더리>, <몸을 죽이는 자본의 밥상>(WHAT THE HEALTH) 등 오늘을 살아가는 우리가 반드시 보아야 할 다큐멘터리를 만들고 있다.

다른 생명을 배제한 채, 모든 생명을 생명으로 보지 않고 다만 인간을 위한 도구로 삼아 온(삼림을 밀어내고, 대단위로 단일 작물을 심고, 살충제와 경운으로 토양과 그 안의 생물들을 죽이고, 유전자를 조작하고, 공장식 축산으로 동물을 강제 임신시키고, 지나치게 수를 늘리고, 고통스럽게 죽이고, 남획하고…) '거대한 가속'의 실체를 보여 주고 있다. 제작에 참여한 이들 중 누군가는 눈앞의 이권을 포기하지 않는 거대한 세력들로부터 생명의 위협을 받기도 했다. 살해당한 이도 있다. 그 거대한 세력들은 그만큼 그 비밀을 보여 주기를 꺼리고 있다.

우리가 할 수 있는 것들

    인간의 삶을 지탱해 주는 지구계를 훼손하지 않는 범위 내에서 지구에 살 수 있는 인구, 생물학자들이 말하는 '환경 수용 능력'이라는 게 있다. 인간에 대한 지구환경 수용능력을 파악하기 위해서는 대단히 복잡한 요인을 고려해야 한다. 단순히 사람의 숫자만 생각해서는 안 되고 소비 수준까지 봐야 한다. 천연자원의 감소나 변화에 따라 환경 수용능력은 변할 수 있다.

    지구의 인간환경 수용능력 예측은 소비 수준에 따라 20억에서 400억 명까지 큰 차이를 보인다. 소비가 늘어날수록 인간에 대한 지구환경 수용능력은 줄어든다. 지구와 그 안에서 살아가는 우리 인간과 모든 종의 안전을 위해서는, (국력을 위해 출산을 강조하지만) 인구도 소비도 줄여야 하는 상황이다. 그런 마당에 인구는 계속해서 늘고 있으며, 풍요한 삶을 추구한다는 이유로 소비 역시 늘리고 있다. 자본주의에서 미덕으로 여겨지는 소비는 결코 미덕이 아니다. 도리어 재앙이다.

    지구를 위해서는 소비를 줄여야 한다. 특히 부자 나라가 부자 개인이 더욱더 소비를 줄여야 한다. 미국의 중산층은 생존수준을 넘어 지나치게 소비하고 있다. 2008년의 조사를 보면 식량 소비는 생존 수준보다 약 3.3배를 넘으며, 물 소비는 250배다. 반대편 사람들이 먹지 못하고 헐벗을 때, 너무 많이 먹고 너무 많이 입는다. 너무 많이 버린다. 잘사는 나라와 잘사는 사람들이 더 소비를 줄여야 한다. 그러나 개인적인 차원에서의 노력은 거의 의미가 없을 정도다.

기후변화의 고통을 감지하기 시작한 사회에서 자주 나타나듯이 문제의 원인으로 개인의 무책임을 탓하는 것은 일종의 연막전술에 가깝다. 우리는 개인의 소비행위에 지나치게 집착하는 경향이 있다. 소비행위가 한편으로는 우리가 통제할 수 있는 대상이며 또 한편으로는 미덕을 과시할 수 있는 아주 현대적인 방식이기 때문이다. 하지만 궁극적으로 개인의 소비 선택은 거의 늘 사소한 요인에 불과하며 오히려 더 중요한 요인을 보지 못하도록 방해한다. (데이비드 월러스 웰즈, 《2050 거주불능 지구》, 추수밭, 140쪽.)

여전히 개인적인 노력은 지속해야 한다. 그러나 다음과 같은 소리들과 그 이면에 더 집중해야 하지 않을까.

- 증기기차 소리 같은 산업혁명 소리

- 총소리

- 단 한 마리 남은 멸종동물이 마지막으로 포효하는 소리

- 숲이 불타고 파헤쳐지는 소리

- 도시화를 재촉하는 불도저, 기계톱 소리

- 수많은 동물들이 서식지를 잃고 울부짖는 소리

- 날아다닐 줄 아는 유일한 포유류 박쥐가 내는 소리

- 야생동물 사냥 소리

- (주로 공장식 축산으로 생산된) 가축, 인간의 소리가 뒤섞여 있는

  시장 소리

- 가축이 도축되는 소리 혹은 살처분되는 소리

- 비행기 소리

- 지글지글, 보글보글, 후루룩, 요리와 식사와 관련된 소리

- 여행객들 소리

- 앰뷸런스 소리, 의료진이 뛰는 소리, 온갖 뉴스 속보 소리

이 소리들은 PD인 정혜윤 작가가 코로나 팬데믹 이후 지
구 생명의 멸종을 부르고 있는 소리 다큐를 만들기 위해 생각
한 소리들이다. 그러나 정혜윤은 계획했던 소리 다큐를 만들지
못했다. 이미 사라진 소리들이 있었기 때문이다. 이 소리들은 소

리가 아닌 《앞으로 올 사랑》에 글로 남았을 뿐이다.

    출석하는 교회 교우들은 환경과 기후변화에 모두 관심이 많다. 각자의 자리에서 다양한 모습으로 플라스틱 소비를 줄이고 물을 아끼며 나름대로 환경을 위해 노력해 왔다. 최근 넷플릭스가 제공하는 기후위기 및 환경문제를 다루는 다큐멘터리들을 집에서 각각 보고 알게 된 사실들을 줌으로 나눴다. 교우 모두 다음과 같은 사실들을 알게 되었다고 했다.

    "개인의 행동만으로는, 정부가 유도하고 규제하는 현재의 탄소 정책만으로는 지구 온도를 낮추는 데 거의 실패할 것이다. 산업, 농업, 수산업, 목축업 등 시스템의 전면적인 변화와 함께 현재의 음식 문화도 변화해야 한다. 마냥 발전할 것처럼 믿어 왔던 '지속적 성장'이 사실은 불가능하며, 이제는 '탈성장' 정책에, 'GDP'가 아닌 다른 지표가 필요하다. 탄소중립정책이 실현될 때, 유럽·미국 등 선진국들이 소위 진보를 이루는 동안 그 폐해를 고스란히 감당해 온 낙후된 지역, 산업, 농업, 수산업, 목축업 분야에 종사해 온 취약계층의 노동자들이 또다시 그 피해를 고스란히 받게 된다. 그러니 모든 전환은 '정의로운 전환'이어야 하고, 물자를 소비하는 새로운 생산 대신, 자원 절약과 재활용을 통해 지속가능성을 추구하는 친환경 경제모델인 '순환경제'로 전환해야 한다."

　그리고 우리가 가장 먼저 할 수 있는 행동은 15세의 그레타 툰베리가 그랬듯, 19세의 폴린 브륑거, 24세의 레오니 브레머, '미래를 위한 금요일'과 우리나라 '청소년기후행동'이 한 것처럼, '기후위기'에 대한 인식을 확산시키는 것이라고 결론지었다. 이 글을 쓰는 이유가 되었다.

　출산하지 않으려는 젊은이들을 비난하는 이들이 있다. 과연 그들을 비난할 수 있는가. '마스크를 쓰고 얼굴 없는 사람들과 만나는 시대, 언제 닥칠지 모르는 재난재해 앞에서 마음 놓고 소중한 생명체를 세상에 내어놓는 게 과연 책임 있는 행동일까?' '가뜩이나 급증한 인구로 인해 지구가 위험에 처한 상태에서 또 사람을 이 지구 위에 내놓아도 될까?' 젊은이들의 고심이 담겨 있는 질문이다. 그리고 그렇게 된 책임은 온전히 이전 세대와 우리 자신에게 있다.

신께 드리는 기도

세상에 변하지 않는 것이 없다. 작은 생명이 태어나고 자라며 소멸한다. 그다음 생명이 이전과는 다른 모습으로 태어남과 성장 혹은 성숙과 소멸이라는 길을 간다. 놓여 있는 상황도 다르고, 시간이 흐름에 따라 변화하지 않는 것이 없다.

무엇을 보았는가, 누구를 만나 어떤 대화를 했는가, 어느 책을 읽었는가, 어떤 영화를 보았는가에 따라 같은 사람이 얼마든지 다른 모습이 될 수 있다.

우리가 살아가는 세상의 신비고 가능성이다. 무슨 책을 읽고 있는가에 따라 쓰고 있는 글이 바뀌고, 막혔던 생각이 손이 따라가기 바쁘게 컴퓨터 화면 위로 쏟아지기도 한다. 이 변화의 가능성이 있기에 우리는 때로 참혹한 현실 앞에서도 가느다란 희망을 품을 수 있다. 이 가느다란 희망으로 기도를 한다. 그리고 기도가 변한다.

볕이 뜨겁고 눈부신 어느 여름날 (그분은 나의 변화를 전혀 알지 못할) 한 사람을 통해 내 문을 두드리신 후 내가 만난 신은 계속해서 다른 분으로 나타났고, 내 기도 역시 꾸준히 변해 왔다. 지금도 나는 내가 온전히 알 수 없는 그 신을 조금 더 알아가고 있고, 기도는 멈추기를 반복하면서 그 내용이 달라진다. 그와 함께 나도 조금은 다른 사람이 되어 간다. 지금까지 세상의 신과 내가 믿는 신에 대한 이해가 각각 다른 개인들과 공동체 안에서 변화를 거쳐 확장되어 왔고, 경전에 대한 해석들 또한 변화와 확장이라는 바로 그 길을 걸어왔을 것이다.

내 몸이 아프기 이전, 불치의 병이 걸린 사람들을 찾는 게 몹시도 어려웠다. 내가 경험한 나의 신은 내 기도를 들어주시는 신이 아니라 나를 바꾸는 신이었기에 그랬다. 그 신은 내 기도에 응답하는 존재가 아니라 내가 그분에게 응답해야 하는 존재였다. 나는 불치의 병을 앓는 분들을 위해 낫게 해달라는 기도를 할 수 없었다. 기도해도 낫지 않을 거라는 생각에 그렇게 기도할 수 없었고, 아픈 이들을 찾아가는 게 그만큼 힘들었다. 그분들을 위해 나는, 그가 겪는 어려움을 통해 한층 고결한 사람이 되기를 기도했다. 하지만 그 기도를 당사자인 환자에게 알릴 수는 없었다. 죽고만 싶었던 시간이 지나 내 몸이 회복되면서 기도가 달라졌다. 그래도 여전히 아픈 이들에게 안부하는 게

참으로 어렵다. 그 괴로움을 직면하기가 힘들다.

늘 있는 일이지만, 글을 쓰는 동안 지인들의 아픈 소식이 들린다. 갑자기 세상을 달리하게 된 분도 있다. 십수 년을 한결같이 기도해 왔건만 아픈 이후로 놓게 된 기도 줄을 다시 붙잡게 된다. 지금은 단도직입적으로, 무조건 낫게 해달라고 조른다. 내가 겪었던 절박함이 나를 그렇게 바꾸고 내가 하는 기도를 바꾼 것이다.

그러나 최근 기후위기의 심각성을 알아가던 어느 날, 기도를 하려는데 순서가 바뀌었다는 생각이 들었다. 여느 날과 같은 모양으로 기도를 시작할 수 없었다. 그 대신 그동안 내가 무서워하던 벌레들, 그것들의 치열한 삶이 다가왔다. 자연 안에서 생명의 경이로움을 알려 주는 어떤 분들이 SNS에 올린 글과 사진을 떠올리며 그 세계를 위한 기도를 한 후에야, 지인들의 병 낫기를 기도할 수 있었다. 앎이 변했기 때문이다.

우리가 지구의 다른 존재들과 어떻게 연결되었는지, 그리고 인간이 그 관계를 어떻게 파괴하며 공멸로 이끌어 가는지, 앞으로 어떻게 살아야 하고, 지금 가고 있는 길에서 어떻게 돌아서야 할지 알아가고 있기 때문에 내 기도가 바뀌어 간다. 예수께서 가르쳐 주신 기도에 대한 해석이 변했고, 앞으로도 계속해서 바뀌게 될 것이다.

주님이 가르쳐 주신 기도의 후반부 시작이 이렇다.

"오늘 우리에게 일용할 양식을 주시고."

그동안 내게 '우리'는 사람이었다. '우리'라고 되어 있음에도 어떤 사람은 그것을 오직 '자신'으로 여겼고, 또 어떤 이는 개인을 넘어 모든 지역에 흩어져 있는 '모든 사람'을 생각하며, 굶주리고 헐벗은 사람들이 함께 살아가는 세상을 위해 노력해 왔다. 나 또한, 신앙이 어렸던 시절, 나 자신만을 생각하다가 신앙이 자라면서 후자를 생각했고 미약하게나마 행동했다. 그러나 이제는 그 범위를 넓혀야 함을 알아가고 있다. 그리고 다음과 같이 기도하고 있다.

"우리에게 일용할 양식을 주십시오. 이곳 지구에 사는 모두에게 일용할 양식을 주십시오. 존재 하나하나가 그 존엄을 잃지 않고 살아갈 수 있게 해주십시오. 오직 사람만이 다른 존재의 존엄을 해칩니다. 기름진 흙, 그 안의 쉬지 않고 움직이는 생물들, 새파란 하늘, 대지를 압도하는 장엄한 먹구름, 어디서 그런 힘이 나오는지 알 수 없는, 대륙을 건너 날아가고 날아오는 새들, 바다, 그 안의 무궁무진한 생명, 온갖 풀이며 꽃, 열매, 그 위를 날아다니는 벌이며 나비, 알지 못하는 수많은 곤충, 그 줄기와 이파리 밑에서 꿈틀거리며 살아가는 생명체들, 땅과 바다와 하늘과 공중에서 서로 보듬거나 혹은 살아가기 위해 치열하게 먹잇감을 취하며 쫓고 쫓기는 생명의 세계에, 나의 신 당신께서 원하시는 삶이 이루어지게 해주십시오."

주님이 가르쳐 주신 기도의 후반부를 마무리하는 기도가 이렇다.

"우리를 악에서 구하소서."

악에 대해서도 인간이 사람에게 행한 의도적·무의식적 행위라고 생각해 왔다. 그러나 '악'이란 다만 사람에게만 행한 것일 수 없었다. 그 대상과 범위를 넓힐 수밖에 없었다. 그리고 다음과 같이 기도하게 되었다.

"우리를 악에서 구하소서. 인간에게 위험할지 모른다고 죽인 것, 필요 이상으로 잡아들이고 생명을 과하게 소비한 것, 심지어 강제 임신으로 우리 마음대로 증식시키며 자연질서를 파괴한 것, 실험실에 가두고 병을 주고 낫게 하기를 반복하다 폐기처분 한 것, 그리하여 있었는데 없애고 건강했는데 병들게 한 모든 것이 우리의 악이었습니다. 이제는 우리가 그렇게 괴롭혀 온 것들, 그들에게 해온 악행에서 돌이켜 그것들과 함께 살아갈 방도를 구하게 해주십시오. 속도를 붙여 밀어 오던 생활방식을 돌이킨다는 게 얼마나 불가능한지, 거의 불가능에 가깝다는 것을 알고 있습니다. 그러나 언제라도 변화의 가능성이 있는 세상, 가느다란 희망으로 기도합니다. 돌이킬 수 있는 앎과 지혜를 주십시오. 우리의 노력과 함께 예기치 않은 당신의 은총이 필요합니다."

살면서 우리가 할 수 있는 가장 위대한 일은 우리 자신의 작은 자아 속에서가 아니라 우리 삶이 전체와 관련되어 있음을 깨닫고 그 속에서 우리의 삶을 꾸려 가는 것이다. (헬렌 니어링, 《아름다운 삶, 사랑 그리고 마무리》, 보리, 12쪽.)

몸을 돌아보는 시간

운동 부족 의자노동자의 지긋지긋 허리 통증 탈출기

초판 1쇄 발행 2022년 4월 25일

지은이 조희선
펴낸이 이현주
책임편집 이지든 이현주
디자인 유니꼬디자인

펴낸곳 사자와어린양
출판등록 2021년 5월 6일 제2021-000059호
주소 03140 서울시 종로구 삼일대로 428, 5층 500-28호(낙원동, 낙원상가)
전화 010-2313-9270 **팩스** 02)747-9847
이메일 sajayang2021@gmail.com **홈페이지** https://sajayang.modoo.at

ISBN 979-11-976063-3-5 03810
